# ÖNDER DELİGÖZ

# SENDEN SONRA AŞK

Designed, Published and Distributed by Bookcity.Co

Bookcity.Co


ISBN: 978-1-912311-06-4

*Değerli dostum Müj... ile*
*tutuklu ve sürgün tüm gazetecilere ithafen...*

Tedirgindim.

Cami avlusunda bir tekmeyle parçalanmayı bekleyen şarap şişesi gibi... Bir ayyaş koynunda uyumayı tercih ederdim oysa. Ne içimdekini haram kılan düşerdi aklıma, ne de kuralcı bir kulun tekmesiyle parçalanma korkusu çökerdi içime.

Tercih hakkım olsaydı eğer...

Kim suçlu şimdi?

**02:35**

Cadde üstü mağazalardan birinin kapı dibine yığılıp kalmıştım. Bulanık zihnim "suçlu kim ulan" sorusuna cevap aramakla meşguldü. Bir taraftan da gözüm iki metre öteye takılmıştı. Midem besbeter bulandı yarım yamalak gördüğüm manzaradan. İyi de, ben kusmuştum ya oraya! Kendi kusmuğuma bakıp bir daha mı kusacaktım şimdi? Midem ağzımdaydı sanki. Öğğ desem dişlerimi parçalayıp dışarı fırlayacak gibiydi. Aslında adamakıllı kussam, döksem içimde ne var ne yoksa; tövbe etmiş kadar rahatlayacaktım! Kaç tane 50'lik bira devirdim hatırlamıyorum. Arada kaç tekila yuvarladığımı da... Üstüne iki kadeh rakı yudumladığımı iyi hatırlıyorum ama. Bu mide bulantısı, bu baş ağrısı... Allah'ım ne büyük bir azap! Offf ulan! Zaten gırtlağıma kadar derde batmışım...

Toparlanmaya çalıştım; ama yerimden kalkamadım. Felçli hastalardan farkım yoktu. Hiçbir uzvumu kontrol edemiyordum. Allah'tan kalbim atmaya devam ediyordu yani. Beni bu hale düşüren dertlerimi unuttum, çünkü altıma işemekten korkuyordum. O kadar bira içimde durmayacaktı elbette. Farkında olmadan koyverirsem rezilliğin dibine vurmuş olacaktım. İlkokulda altıma işediğim günü hatırladım da, bacaklarım yapış yapış olmuş, saatlerce amonyak kokusuyla okulda dolaşmak zorunda kalmıştım. Sonra da pişik olup bir hafta sünnet çocuğu gibi yürümekte zorlanmıştım. Bu yaşta o derdi çekemezdim. O sebepten acilen yardıma ihtiyacım vardı.

Caddede peşi sıra yürüyen karaltıları az çok seçebiliyordum. Bense onların umurunda bile değildim. Elimi tutup kaldıracak bir tek kişi bile çıkmaz mı lan bu kadar kalabalığın arasından? Çıkmadı işte. Çıkmıyor da... Eden bulur oğlum, eden bulur. Hatırladın değil mi minibüsteki sarhoşu? 10 yıl kadar önce yine böyle bir gece vaktiydi. Zil zurna sarhoş biri binmişti minibüse. Ayakta duracak hali yoktu. Yalpalayıp duruyordu. Minibüsün kapısını birkaç hamle yaptıktan sonra açabilmişti. Kapıyı açar açmaz da kapkalın simsiyah bıyığı dikkatimi çekmişti. Saçının siyahı da 100'lük ampul gibi parlıyordu. Boyattığı besbelliydi. Adamı görür görmez "Pezevenk lan bu" demiştim içimden. Her nasılsa kömür karasına boyanmış pos bıyığı, saçı olan herkes pezevenkti zihnimin derin kodlarında. Sokak köşelerinde genelev maceralarını abartılı hikayelerle birbirlerine anlatıp zevke gelen mahallenin bitirim ağabeylerinden öyle öğrenmiştim. The Marmara'nın yanındaki sokaktan aşağıya inerken yanıma yaklaşıp karı pazarlamaya çalışan pos bıyıklı adamın da bu kodlamada katkısı büyüktü elbette. Onun saçları da boyalıydı. O da göbekliydi. Onun da bir ağzı bir burnu vardı. Minibüsteki sarhoş belki de gerçekten pezevenkti; ne fark eder ki, ayakta duramayacak kadar sarhoştu ve yardıma ihtiyacı vardı. Şu an ben nasıl yardıma muhtaçsam tam da öyle işte...

İğrene iğrene baktığım pos bıyıklı sarhoş, minibüsten ineyim derken sırt üstü yere yıkılmıştı. Kafası kaldırımda, bacakları minibüste kalmıştı... Ters dönmüş kaplumbağalar gibi kıvranıp duruyordu. Göz göze gelmiştik. Tutup kaldırayım diye elini uzatmıştı çaresizce. O kadar acıklı bir haldeydi ki! Ama nasıl tutardım o pis eli? Kusmukları da üstüne bulaşmış, iğrenç ki ne iğrenç! Gebersin pis ayyaş... Neyse ki minibüste herkes benim gibi düşünmüyordu. Ön koltukta oturan iki kişi yardım etmişti zavallıya. Evet, o gün öyle düşünmemiştim; ama gerçekten zavallıydı pos bıyıklı, parlak siyah saçlı adam. Utanmasam bağıracağım vallahi; "El uzatmadığım o sarhoştan daha beter zavallıyım lan!" Gerçi utanmasam ne olacak, ne cümleyi tamamlayabilirim bu sarhoş kafayla ne de gücüm yeter bağırmaya.

- İyi misiniz?

- Hı hııı...

Çekip gittin hemen. Bu kadar mıydı lan duyarlılığın? "Hı hııı" dedik diye iyi olduğumu mu sandın! Bir el atsaydın be arkadaş, kız mıydın erkek miydin? Belki de kız gibi görünmek isteyen biriydin. Kalın sesin beni tereddüde düşürdü. Ama her neysen çok güzeldin be... Yarısını ancak aralayabildiğim kirpiklerimin arasından içime aktı güzelliğin. İnşallah kız gibi görünmek isteyenlerden değilsindir. Dönmenin biri beni heyecanlandırmış olamaz öyle değil mi! Korkarım ben zaten onlardan. Daha dün gece travestinin biri ne biçim korkutmuştu beni. Nasıl oldu da hatimle teravih kılınan camileriyle ünlü semtimizde ev tutup bir anda çoğalıvermişlerdi, hala akıl sır erdiremiyorum. Çocukluğumun geçtiği Esenler'e gitmiştim o gün. Kiracıdan birikmiş iki aylık kirayı aldıktan sonra çocukluk arkadaşlarımla muhabbete dalmıştım, geri döndüğümde saat epey ilerlemişti. Belediye otobüsünden inmiş yokuş aşağı sokakta evime doğru başım önde sessiz sakin adımlıyordum. Ayağımda mürdüm eriği renginde rugan kösele ayakkabılarım vardı. Kemerim de aynı renkte rugandı, ama başıma gelenle hiçbir ilgisi yoktu. Sakallı, takkeli ve koca göbekli -bira göbeğiydi sanki- amcanın kuru yolma tavuk da satan kasabı, küf kokulu raflarda üstünü toz kaplamış baharat paketlerini pazarlayan aktar, bekar evlerindeki inşaat amelelerinin karnını ekmek arası salam kaşarla doyuran bakkal... Bir de aşağılara doğru ininçe dip dibe sıralanan Urfalı, Diyarbakırlı kebapçılar vardı sokakta. Çeşit çeşit hayatların tırmandığı sert rampalı sokağa sağdan bağlanan çıkmaz bir sokak vardı. Kadının biri balkonunu yıkıyordu. Akan su da çıkmaz sokaktan geçip ana sokaktaki rampadan aşağıya süzülüyordu. Fark etmiştim köpüklü suyu, ama aklımda o çıkmaz sokak vardı. Travestilerin evleri tam da o sokaktaydı. "Nasıl oldu da yerleşebildiler buraya" diye mırıldanıyordum ki kalçamdaki acı gözlerimi yaşarttı. Çıkmaz sokaktan gelen su, boktan köselelerimin altında buz pisti olmuş, kıç üstü yere yapıştırmıştı beni. "Ahhh" gırtlağımı yırtarcasına haykırdım. Mahalle ayaklanacak sandım ama kimseden çıt çıkmadı. Alttan dikizlediğim pencerelerin birinde bile perde kıpırdamadı lan. Bırak ev ahalisini, eşe dosta "iyi tıraş etmiyor ama çok iyi adam" diye tavsiye ettiğim berber Serhat bile kafasını dışarı çıkarmadı. Kesin loto kuponu dolduruyordu. O saatte başka ne işi olacak ki!

Dur ya, neydi o kıç acımı hatırlatan şimdi? Evet, dönme. Siz travesti de diyebilirsiniz.Başka bir şey de. O sizin insanlığınız. İşte o gece beni kıç üstü yere yapıştıran suyun kaynağından bir ses gelmişti. Ben hala yerde kıç acısıyla kıvranıyordum. Ne erkek ne de kadın sesiydi duyduğum. Nasıl oluyor bilmiyorum ama bu travestilerde karakteristik bir ses tonu var. Ses biraz kabaydı, lakin üslubu bu topraklarda nadir bulunacak türden nazikti, "Geçmiş olsun, bir şeyiniz var mı, yardım ister misiniz" diye sormuştu. Siz diye hitap etmişti. Yıllarca o semtte yaşadım da bir tane esnaf ya da komşudan 'siz' hitabını duymadım. Hassastım bu konuda oysa. Sokak köşesinde midye satan bıyığı yeni terlemiş delikanlıya bile siz derdim. Tabii o eşek sıpası bile bu hassasiyetimi karşılıksız bırakırdı her seferinde. Tepsisindeki midyeleri kabuklarıyla ağzıma sokmayı istercesine parayı cebine aceleden atma telaşındaydı eşşoğlueşşek, ne saygısı... 'Siz' takıntım bu derece büyükken kıçımın acısından mıdır bilmem, halimi soran nazik üslup sahibine karşı çok kaba davranmıştım. Cevap vermediğim gibi yüzüne bile bakmamıştım. Sadece ışık vurdukça parlayan kıvrımlı siyah saçlarını fark etmiştim minibüste pezevenk damgası vurduğum sarhoşun boyalı saçları kadar siyahtı ve bir o kadar da parlaktı. E bu da dönmeydi. Bu benzerlik, kapı dibinde kıvranan zihnimi daha da sulandırdı. Kömür karası saçlar mıydı yoksa 'pezevenk lan bu' dediğim sarhoşla su akan sokaktan çıkan travestiyi bana yok saydıran? Biri yardım istemişti, diğeri ise yardım etmek...

- Ne diyorsun be oğlum, bi saçmalama ya...

Adımı hatırladım o an. Daha doğrusu hatırlıyor muyum diye kendimi kontrol ettim, sarhoş olduğum anlarda hep yaptığım gibi. İstiklal'in arnavut kaldırımı taşlarını söküp yerine ruhsuz beton parçalarını dizdiler ya; işte beton blokların birleşme çizgilerini kendime güzergah yapardım hep, düzgün yürüyüp yürüyemediğini kontrol ederdim. Çoğunlukla birkaç kadeh bira içtiğim için genelde her iki sınavdan da başarıyla geçer, mutlu olurdum. Ne düz çizgide yürümesi; yığıldığım yerden kalkamıyorum ki. Bu kez sadece adımı hatırlayabildim. Adım Sıtkı. Sıdkullah. Affetsin Allah.

`02:55`

- Ya kızım manyak mısın, ne işin var elin ayyaşıyla, baksana içip içip sızmış, ıyyy bi de kusmuş hayvan, yürü gidelim şuradan.

- Dur be kızım ya, manikürlü ayyaş mı olur lan?

N'oluyo lan? Oha anasını satayım, ayık olsam elimin manikürünü bu karanlıkta ben bile göremem, sen nasıl gördün be karı? Bu derece manikür takıntısı olduğuna göre kesin tırnaklarını kemirip, parmak etlerini paramparça eden kadınlardan biridir. Tepemde beni kadavra gibi inceleyen karının tam olarak ne istediğini anlayabilmek için gözümü az biraz aralayabildim. Tırnaktan tepeye süzdüm, süzebildiğim kadarıyla tabii. Ayakta Converse, siyah kot mu tayt mı ne giymiş, tam seçemedim. Gözümü yukarı kaydırdıkça şaşırdım. Neredeyse dizlerine kadar uzanan bir de elbise giymiş kotunun üstüne. Hala kararsızım tayt da olabilir alttaki. Kafası niye sarılı bu kızın yaz günü? Başörtüsü lan o salak! Saat kaç bu arada? Sabah mı oldu? Bu kızın bu saatte burada ne işi var?

Ağır alkol kokusuna aldırış etmeden dibime kadar giren karı mırıldanmalarımdan saat kaç kısmını anlamış olacak ki "Saat üç buçuk oğlum" diye cevap verdi. İki adım öteden kara tahtaya sürtülen tebeşir sesi kadar rahatsız edici bir ses duydum. "Kızım saat kaç olmuş sen n'apıyosun ya!" Gözlerimi pörtletmeye çalışıp baktım sesin geldiği yöne. Elleri koynunda bağlanmış, kambura yatmış bir kız vardı karşımda. Üst dudağından fışkıran sivri dişlerini hemen seçtim. Saçları da darmadağınıktı. Üstünde beyaz tişört altında mavi kot, ayağında rengarenk bağcıklı bir spor ayakkabı. Özensiz kıyafetleriyle sabah akşam buralarda gezip tozan tiplerden biri işte. İyi de saati duyunca niye bu kadar huysuzlandı ki bu dişlek? Ulan kodumun karısı, bu kadar hassastın ne diye kaldın bu saate kadar caddede. Akşam ezanıyla eve giren ev kızlarından sanki haspam. İyi müzik ucuz bira mekanlarını bilen kızlardan değilse ben de götüm. Şu Beyoğlu'nun bütün sokaklarını, en azından zor durumlarda kaçılacak yolları, sığınılacak yerleri, taciz anında edilecek en afili küfürleri bilmiyorsa daha da götüm. İlk anda gıcık oldum ama sevdim şimdi bu kızı. Küfürbaz tipini sevdim. İnişli çıkışlı bütün hayatların, gel gitli ruhların İsviçre çakısıdır oğlum küfür. Rahatlatır adamı, gözyaşını siler, sinirli alır, keyfi gıcır eder. Zaten küfürbaz ne ederse kendine eder.

Ben uzaktaki kızı incelerken tepemdeki karı işi iyice abarttı. Nefesini yüzümde hissediyordum. Sıcaktı. Mide bulantımı unutturup dudaklarına yapışmayı arzulatacak kadar sıcak. Ama teşebbüs etmedim. Dudaklarını tutturamayıp burnunu emerim diye korktum. Pantolonunun üzerine sarkan elbiseye gözüm kaydı yeniden. Cebinde bir ışık yanıyordu. Benim mırıldanmama gerek bırakmadan iki adım ötedeki kız, "Cebinde ışık var ışık! Telefonun çalıyo kızım baksana şuna" diye bağırdı. Tepemdeki karının derdini anladım o arada. Kafamla duvar arasında sıkışmış kitabıma bakıyordu. "İstiyorsan al, ben sarhoş olmadan önce bitirdim" dememe fırsat vermeden kitaba uzanıp aldı. Kitabın kapağını kaldırırken arkadaşı iyice cazgırlaştı. "Hadi kızım daha Esenler'e gitcem, Melihat ağzıma sıçacak! Hadi telefonun sessizde cebindeki ışığı da mı fark etmiyorsun?"

Tepemdeki kız içimden geçeni hissetmiş olacak ki kitabımı koltuğunun altına sıkıştırdı. Ben ona Oblomov'la mutluluklar dilerken cebinden telefonunu çıkardı. Telefonu açmadan önce arkadaşına "Bi daha annene ismiyle hitap etme Zahide, geberticem seni sonunda" diye çemkirdi. Anlaşılan dişlek kız annesini pek sevmiyordu. "Siktir et Melihat'ı aç şunu" demesinden belliydi. Tepemdeki karı telefonu açtı, "Tamam abi beş dakikaya The Marmara'nın önündeyiz, oradan al bizi" deyip kapattı. Zahide arkasını dönüp hızla yürümeye başladı. Tepemdeki kız ise ona aldırmadan aceleyle çantasından bir kalem çıkardı. Eğilip sağ elime bir şeyler yazdı. Kalemin ucu avucumda tur attıkça içim bi hoş oldu.

"Kitabı okuyup geri getireceğim, ayılınca ara beni tamam mı" deyip arkadaşının arkasından koşturmaya başladı.

Kimdi lan bunlar, bu saatte kim alıyor bunları? Karanlığa karışmadan arkalarından dikkatlice baktım. Tepeme dikilen kızın omzunda kocaman bir fotoğraf makinesi vardı. O koştukça makine bir o yana bir bu yana sallanıyordu. Başörtülü kız fotoğrafçıymış meğer. Ulan ya hayal görüyordum ya da şu ülkenin tek başörtülü gece yarısı fotoğrafçısı az önce tepemdeydi. Dilime ışığı düşürüp karanlıkta kaybolup gittiler öylece.

```
03:11
```

- Işık ışık ışıııııık daha çook ışık, umut umut umuuuut daha çook umut.

Yarım yamalak açılan kapakların arkasında uyuyan gözlerim pörtledi. Göz kapaklarımı zorluyordum tamamen karanlığa düşmemek için. Işık görmüştüm başörtülü gece yarısı fotoğrafçısının cebinde. Işık demişti arkasındaki dişlek kız. Damarlarımda dolaşan alkol o kadar yoğundu ki; göz kapaklarım daha fazla dayanamayıp kapandı. Ama ayyaş dilime o nakarat düşmüştü bir kere. Evimin yolunu unutabilirdim, adımı unutabilirdim; su içerken ağzımı bulamayacak kadar zihnim bulanabilirdi; yine de o nakaratı unutmam mümkün değildi. Kelimeler ağzımdan yarım yamalak çıksa da pes etmiyordum. "Işık ışık ışıııııık daha çook ışık, umut umut umuuuut daha çook umut" deyip sürekli başa sarıyordum. Zaten 15 yıldır hep bunu yapıyordum.

Yatarken, kalkarken, yerken, içerken, işerken, sevişirken, en çok da miskin köpekler gibi bir yere yığılıp düşünürken dilimde döndürüp duruyordum; "Işık ışık ışııııık daha çook ışık, umut umut umuuuut daha çook umut."

1996 bitiyor, pahalı otellerden, süslü püslü stüdyolardan canlı yayınlanan yılbaşı eğlencelerine katılanlar 1997'ye merhaba diyordu. Alt tarafı gecekondu; üst tarafı sitelerle çevrili mahalledeki evimdeydim. O gece de yeni yıla merhaba diyenleri televizyonda izleyerek yeni yıla merhaba diyenler sınıfındaydım. Mahalle meydanındaki tüpçüyle kuyumcunun arasına sıkışmış 20 metrekarelik Hakkı Shopping Center'dan iki hafta önce aldığımız ve üzerine oturmaya ailece bir türlü kıyamadığımız oturma grubunun tekli koltuğuna kaykılmıştım. O zamanlar 3 yaşındaki kız kardeşimi ayağında sallayıp uyuttuktan sonra koltuk takımının üzerine yatırmaya kıyamayıp yer minderine uzatan annem mütemadiyen 'Sıdkullah düzgün otur' diye çemkiriyordu. Günde en az 17 vakit ayna karşısında jöleyle şekil verdiğim saçlarım, yüzümde gözümde milim boş alan bırakmayan sivilcelerim ve günün her anında aklıma düşen seks hayallerimle ergenliğe ani bir dalış yapmış çocuğundan, benden sadakat bekliyordu. Adımı Sıdkullah koyunca karakterimin de sadık olacağını zannediyordu galiba. Sabahtan akşama kavga-gürültüyle, akşamdan sabaha yatakta canım-cicimlerle ikna edebildiği babama 2 aylık mücadelenin ardından aldırabildiği koltuklarına kıyamıyordu. Tez zamanda yıpranmasınlar istiyordu. Yere oturup sırtını yeni koltuklarına dayamak bile annem için büyük konfordu. Tombul yanakları, kafasından büyük göğüsleri ve oturunca beşe katlanan göbeğiyle, koltukların geleceğine yönelik bu hassasiyetinde haklı da olabilirdi elbette. Kardeşimi uyuttuktan sonra çekirdek çitlemeye başlamıştı. Bir yandan da zırt pırt kanal değiştirdiğim için bana fırça atıyordu. "Oğlum dur artık bi yerde, başım döndü len" demişti ki kanalın birinde takılıp kaldım. Ekranda akan görüntüyü beğendiğim için zaplamaktan vazgeçmemiştim aslında. Millet otellerde kulüplerde partilerde coşarken ben, soba başında horuldayan bir baba ve ufacık kek bile yapmayıp koca bir tas çekirdeği çitleyen tombul anayla yılbaşı gecesi geçiriyordum. Ruhum daraltmıştı. Kumandanın tuşlarına zırt pırt basmaktan da bıkmıştım artık. Güldürürken düşündürüyoruz goy goyuyla mizahınıza sokayım dedirten skeçleri izleyiciye kakalamakla ünlü tiyatrocuların yılbaşına özel oyunlarını sabırla izledim. Sonra reklamlar girdi araya; dayanamadım parmaklamaktan tuş yazıları silinmiş kumandayı bir daha elime aldım. Üstündeki p+ yazısı tamamen silinmiş olan ve ancak tırnak ucuyla basınca çalışan tuşu zorladım. Bu gayretim bana yıllar boyu dilimden düşmeyecek bir şarkı hediye etti. Ülkenin ilk özel kanallarından birini izliyordum. Reytingde rakiplerine nal toplatmayı garantileyen kanal, ülkenin en popüler sanatçısına yılbaşı şarkısı söyletiyordu. Tarkan'dı şarkıyı söyleyen. Henüz yurt dışına açılmış, İngilizce albüm yapmış süper star değildi. Fakat ülke içinde yıldızının acayip parladığı; konserlerinde kendinden geçen kızların 'Tarkaaaaannnn' çığlıklarının dört bir yanı inlettiği zamanlardı. Daha o günlerde bile her albümünü farklı bir imajla piyasaya sunup da imrenme makamındaki sanatçılardan taklitçi listesi yapan ve muhtemelen de bundan büyük haz alan Tarkan, yeni yıl şarkısını huzurla seslendiriyordu.

*"Bu sabah karanlığı küçük melekler yırttı*

*Şafak tatlı bir düştü şafak tatlı bir düştü*

*Gerçeklere uyanmak bugün çok hoştu*

*Işık ışık ışııık daha çok ışık*

*Umut umut umuuut daha çok umut*

*Yeni yıl yeniden yine yeniden yenile bizi*

*Umutlarımızın ah tek habercisi"*

Tarkan "ışık ışık ışııık" diye nağme yaptıkça ben de oturduğum koltukta başka başka hayallere daldım. Çocuk yaşta gönlümü kaptırdığım kara gözlü kız aklıma düşmüştü. Annesi, abisi ve ablasıyla taşınmışlardı sokağımıza. Göz göze geldiğimiz andan itibaren ezber ettim her halini. Aldığı her nefesi, attığı her adımı, ayrı düştüğümüz anlarda başına gelen her hadiseyi zihnime kazıdım. Ta ki son buluşmamıza kadar. Bir ağustos akşamı Samsunlu komşumuzun terasında buluşmuştuk çocukluk aşkımla. İkimiz de son kez baş başa kaldığımızı bilmiyorduk. Kaderin bizi True Romance'dan beter bir senaryo içinde savuracağını nereden bilebilirdik ki? Aramızdaki tatlı romantizmin Tarantino kaleminden çıkmışçasına karakter ve olaylar arasında kurşunlanacağını bilemezdik elbette. Mutluyduk yani, mutluluğumuzun devamlılığı için de umutluyduk. Kara gözlü küçük yarim"Umudumsun" demişti bana. Ben de ona hiç düşünmeden "Işığımsın" demiştim. Nereden aklıma geldiyse artık... Şimdi Tarkan'ın söylediği bu şarkı tesadüf müydü, ilahi bir mesaj mı? Bilemedim. Şarkıyı dinleyip hüzne dalmışken Hatice'mle son buluşmamızı andım, "Neredesin be ışığım" diye mırıldanmaya başladım. "Neredesin be ışığım?"

## Hatice'nin gelişi...

Diyarbakırlıydı Hatice. O yaz mutluydu desen büyük yalan olurdu. 1993'ün haziranıydı büyük şehre adım attığında. Ama o Muş'ta geçirdiği son kışı arar olmuştu. Hava soğuktu, tüm renkler siyahla beyaz arasındaydı; ama doğup büyüdüğü ilçeyi, Silvan'ı cennet bilecek kadar rengarenk, huzurlu bir dünyası vardı. Merkezini hiç görmese de şehir onun, ilçe onun, mahalle onun, sokak onun, ev onundu. Annesi Munise, ağabeyi Abdurrahman ve ablası Leyla,hep yanındaydı. Ama bahar gelince Silvan'da sular duru akmaz oldu. Halay çeken kadınların etekleri arasında örgülü saçlarını savurarak koşturduğu düğünlerde tanıştığı silah sesleri, artık her gece yankılanır olmuştu ilçede. Kışın en koyu günlerinde annesi, ağabeyi ve ablası kuytu köşelerde fısır fısır konuşmaya başlamıştı. "Çok durmayalım buralarda.

Kız okulunu bitirsin de gidelim buradan" diyorlardı ha bire. İlçedeki karanlığın gitgide yayılması bir yana, annesi Munise, daha çok sivillerin baskısından yılmıştı. Kayınbiraderinin oğlu Yılmaz her yerde aranıyordu o sıralar. Yılmaz'ın dağ başındaki karakola ateş açan PKK'lılara yardım ettiği söyleniyordu. Ancak Munise hanımın hiçbir şeyden haberi yoktu. PKK'lılara gerçekten yardım ettiğini bilse, değil evine almak, bahçesine bile sokmazdı Yılmaz'ı. Davası ne olursa olsun sevmezdi silahı, ölümü… "Allah'ın verdiği cana kıymak olur mu" derdi hep. Yılmaz'ı arayanlar Munise teyzenin ne düşündüğüne bakmıyordu tabii. Sivil kıyafetleriyle Munise hanımın kapısına resmen dayanıyorlardı zırt pırt. Beyaz Toros bahçe kapısına yanaştığında Munise hanımı bir titremedir alıyordu. Sert suratlarıyla hiçbir söz etmeden, selam vermeden, bir buyur beklemeden eve dalıyor, her yanı didik didik arıyorlardı. Gide gele evin kuytu köşe her yanını ezberlemişler zaten. Yatıp uyumak isteseler sabun kokulu temiz çarşafları döşeklerin yanındaki ahşap dolaptan elleriyle koymuş gibi çıkarabilecek kadar hem de. Munise hanımın çeyiz sandığında sakladığı işlemeli örtülerin rengini, kocası Remzi'den kalan saatin yerini, Leyla'nın elbise dolabında sakladığı teyp kasetlerini sivil arama ekibinin tamamı biliyordu. Haliyle aramalardan bir şey çıkmayacağını da biliyorlardı. Maksat korkutmaktı işte. Can korkusu değil de, Munise hanımın en çok ağrına giden sivillerin evine ayakkabılarıyla girmesiydi. "Sizin ananız namaz kılmıyor mu oğlum" diye sormak istiyordu her seferinde. Ve tabii ki yüreğine düşen korku, bir daha konuşabilmesi için şimdi susması gerektiğini tembihliyordu yine her seferinde. Her aramanın sonunda Munise hanıma halılarını ağlaya inleye temizlemek kalıyordu.

Siviller yine bir kış günü Munise hanımın kapısına dayandı. Tam dört kişi. Yine ayakkabılarıyla girdiler eve. Munise hanımın daha iki hafta önceki aramadan sonra elleriyle yıkadığı halılara bastılar çamurlu ayakkabılarıyla. Ev ahalisi duvar köşelerine çekildi yine tedirgin halleriyle. Leyla, oturma odasının köşesindeki üçgen rafın altında, Abdurrahman tam karşı köşede, Munise hanım da kapı dibinde nöbete durmuştu. Hatice'nin yeri de aynıydı. Kanguru yavrusu gibi annesinin karnına yapışmıştı. Bir ana üç çocuk, sivillerin yuvalarını darmadağın etmesini izliyordu. Çaresiz ve sabırla... Bir an önce gitmezlerse evi sıfırdan temizleyip eşyaları dizmeleri gece yarısını bulacaktı. Gitmediler, evin altını üstüne getirdiler. Duvardaki Kur'an-ı Kerim'in bile sayfalarını tek tek çevirdiler. Kirli elleriyle ayetlerle süslü sarı sayfalara silinmez lekeler bıraktılar. Pıt pıt atan yüreklere de silinmez korkular...

Sivillerden biri, birden bire Abdurrahman'a musallat oldu. "Sen de mi örgütçüsün lan" diye bağırdı. Munise hanım o an nefessiz kaldı. Türkçe bilmiyordu; ama bu cümleyi ve içinde ne zulümler taşıdığını çok iyi biliyordu. Beyaz çiçekli mor pazen elbisesinin altında küt küt atan yüreği, kan yerine korku pompalıyordu. Ya biricik oğlunu örgütçü diye alıp götürürlerse? Ya bir daha geri gelmezse? Kocası Remzi'yi inşaat kazasında kaybetmiş olsa da en azından onun bir mezarı vardı. Abdurrahman gidip geri dönmezse ne olacaktı? Yokluğuna mı yanacaktı, gidip başında ağlayacağı bir mezar taşının bile olmadığına mı? Abdurrahman'ın kapıldığı girdap da annesininkinden farksızdı. Yüreği ağzına gelmişti. Yarım yamalak "Yok ağabey, Kuran ki" diyebildi sorgucu sivile. Aslında Abdurrahman'ın o taraklarda bezinin olmadığını siviller de köpek gibi biliyordu. Maksatları korkutup dalga geçmekti. Başardılar. İşte o gün Munise hanım uzun zamandır ertelediği yurdunu yuvasını terk etmeye karar verdi.

Yaza yaklaştıkça grinin en ağır tonu Hatice'nin mahallesini sardı. Gecenin bir yarısı yankılanan silah sesleri kabus olmuştu Hatice için. Yatağının hemen yanında misafirlere serilen yorgan döşeği sakladıkları bir dolap vardı. O gürültülü gecelerde yatağıyla dolabın arasına sıkışıp kalıyordu Hatice. Savaştan kaçan mülteciler gibi, güvenli bölgeye sığınıyordu her gece. Silah sesleri yankılandıkça "Acaba anneme bir şey oldu mu, yaşıyor mu anneciğim" diye endişe krizlerine giriyordu. Sürekli yutkunmaktan dili damağı kurusa da okula gitmek için sabah 6'da ayağa dikildiği için ne kadar korkarsa korksun sonunda uykuya dalıyordu. Gerçi bazı geceler, korkulu rüya görmekten korkup uyumamak için direniyordu. Küçükken uyandığında annesine "Güzel bir rüya gördüm yat yanıma sana da göstereyim" dediği günlerdeki gibi rüyalar göremiyordu artık. Birkaç saatlik uykunun ardından sabah da kan çanağı gözlerle uyanıyordu. Kurşun ağırlığındaki gecelerin ardından başladığı her gün, büyüklerinin çok uzaklara taşınma planlarına şahit oluyordu. Fark etmiyorlardı; ama gizli saklı ne konuştuklarını Hatice gayet iyi anlıyordu. Karneyi alınca evlerini terk etme vakti gelecek diye çok üzülüyordu. "Sınıfta kalsam gitmez miyiz acaba" diyordu içten içe. Bazen de büyüklerine hak veriyordu. Doğduğu toprakta yaşıyor olmaktan korkar olmuştu çünkü. 14 yaşında lise 1. sınıf öğrencisiydi; memleketindeki renk cümbüşünü griye, cennetini cehenneme çeviren sözler hayatının merkezindeydi. Gerilla, terörist, örgüt, faili meçhul, infaz, kurşun, operasyon… Kalbini hoplatan kelimelere hem büyüklerinin kuytu köşe fısıldaşmalarından hem de okul yolunda arkadaşlarıyla giriştiği derin sohbetlerden aşina olmuştu.

Bir zamanlar şarkılı türkülü, kahkahalı, kovalamacalıydı okul yolu. İlçe çocuklarının hayat çizgisi gibi yolları da değişti. Çevreden işittikleri ölümlü, ağır hikâyelere eşlik ediyordu artık onlara. Sağlı sollu dizilmiş kavak ağaçlarının ortasında kıvrılan yol, büyük şehirlerdeki yaşıtlarının lunaparklarda para vererek girdiği korku tüneline dönüşüyordu her hikâyede. Hatta parayla korku salan o tünellerden daha beterdi onlarınki; yol bedavaydı, hikâyeler gerçek. Öyle ki; kavaklı yolun minik çocukları da ortadan kaybolmuştu. İşaret parmaklarından silah namlusu yapıp ağaçların arkasına saklanır, birbirlerine tak u rak, tak u rak diye ateş ederlerdi eskiden. Küçük ve tatlı dillerden bazılarının 'r' harfiyle bir derdi vardı. Parmak ucu namludan çıkan tak u yak nidaları, karşı kavağın arkasından gelen tak u rak sesleri arasında nasıl da fark ediliyordu. Sonunda hepsi kayboldu. Yaşını söylemek için bir elini kocaman açıp gösteren çocukların dilindeki cıvıltılı tak u raklar geceye karışıp demir namlulardan çıkan kurşunlara ses oldu. Saplandığı bedenlerde ahlara büründü, kan olup yerlere saçıldı. Çocuklar da analarının gözü önünde, tak u rak demek zorunda kalmayacakları oyunlar oynamaya başladılar. Çok olmazdı; ama sabah vakti tak u raklar duyulursa anne kucağında güvenli bir yere sığınabilmek için hep göz önünde olmaları gerektiğini öğrendiler. Kavak arkalarına bile saklanmadılar.

Okula vardıklarında manzara hep aynıydı. Tek katlı, gri boyalı okulun ince uzun beton bahçesinde dünya yansa futboldan vazgeçmeyen oğlanlar ter içinde koşturuyordu. Nefes nefese tekmeledikleri plastik topu, iki taş arasından geçirmeye çalışıyorlardı. Hele ki o top beşlikten geçmişse, yüzü karşı kaleye dönük cakalı geri koşmalar yapılıyor, kalecinin namusuyla ilgili ayıp laflar, alaycı kahkahalar eşliğinde çatlak betona çarpıp geri dönüyordu. Oğlanların düşe kalka diz yırttıkları, dirsek kanattıkları maçlar, orta sahada mücadeleyle, kalelerinde ihanetle geçiyordu. Maç başında yapılan sözleşme gereği sırayla kaleye geçen her çocuk bir an önce 3 gol yiyip sahaya kral Tanju ya da şeytan Rıdvan olarak dönmeyi hayal ediyordu çünkü. Top kendi kalelerine gelince seviniyor, koftiden hareketlerle golü kurtarmaya çalışıyorlardı. Bazı kurnazlar, gol için defansa dönmeyen arkadaşlarına bol küfürlü z raporu bile kesiyordu.

Oğlanlar top teperken kızlar da ya gruplar halinde bahçeyi turluyor ya da kıyı köşe bir yerlerde kafa kafaya verip konuşuyordu. Terleri atletlerini aşıp mavi gömleklerinde çizgi çizgi beyaz bulut olmuş tıfıl oğlanlara bakıp birbirlerine yakıştırıyor, kıkır kıkır gülüyorlardı. Ancak gülümsemelerin, tatlı dedikoduların ardından dönüp dolaşıp hep aynı

ÖNDER DELİGÖZ

mevzuya, korku limanına demirliyorlardı. Aralarından biri ayakkabısını boyasa hemen fark edilecek kadar varlığı yokluğu denk öğrencilerdi. Eksiği çok, tamamı yok hayatları yoksullukta eşitlenmişti. Eşitlik bazen hiç de adil değildi. Acı olan şu ki; korkuları da denkti artık.

Haziran önceki yıllara göre Hatice için çok çabuk geldi. Ayın ikinci haftası da bitiyordu. Okul bahçesinde manzara değişmemişti. Bidon Mustafa yine topu önüne almış, önüne çıkanı devire devire ilerliyordu. Yere yığılan tıfıl çocukların hiçbiri gık diyemiyordu Bidon Mustafa'ya. Yaşıtlarına göre enlemesine iki, boylamasına yarım kat -bazıları için bir kat- daha büyük bir gövdesi vardı Bidon Mustafa'nın. Top sürme tekniğiyle değil de iri cüssesiyle maçların aranan adamıydı. Zaten aramayanın da ağzı burnu dağılırdı. Aslında Bidon Mustafa'nın iç dünyası iri cüssesine ters orantılıydı. Ablasının topuklu terliklerini giyip podyuma çıkmış manken gibi yürüme denemeleri yapacak kadar ince ruhluydu. Keşke ayakları da ruhu kadar ince olsaydı. Taze nişanlı ablasının üzeri pembe tüylü terliklerini yanlardan patlatmazdı o zaman... Kimse görmesin diye terlikleri taşa bağlayıp evin arkasındaki su kuyusuna attığında ruhundaki gelgitlerin de derinlere gömülmesini isteyecek kadar dertliydi Bidon Mustafa. Okulda başka, evde başka, iç dünyasında bambaşka yaşamak zor gelmeye başlamıştı zira. Yalnız dünyasında naif, kırılgan Mustafa Narin iken kalabalıklar içinde kaba saba Bidon Mustafa'ya dönüşmek zikzaklı psikolojisini yormaya başlamıştı. Sabah evden çıkarken burnunun tam üstündeki kara kaşlarını ablasının cımbızıyla çekip koparan Bidon Mustafa, okula varınca beton bahçenin en sert oğlanı oluvermişti yine. Herkes onun topla oynadığını zannediyordu. Ama o,Bidon Mustafa'yı oynuyordu. Zırrrrrrr sesi durdurabildi bidon Mustafa'yı. Öğrencileri sınıfa çağıran son zildi bu. Karne zamanıydı.

Sınıf öğretmeninin basmakalıp 'başarılarının devamını dilerim' notuyla süslenmiş taze kağıt kokulu karneyi 'Vakit geldi, gidin buradan' dercesine tutuşturdular Hatice'nin eline. Hatice'nin bir tek Coğrafya dersi 6 gelmişti. Diğerleri 10'du. Coğrafya öğretmeni yeni mezun, az konuşan, çok somurtan, biraz yakışıklı; fazlaca itici biriydi. Adı Erkan'dı. Okul duvarına asılı resimdeki Selçuklu imparatoru Alparslan gibi sarkık bıyıkları yoktu; ama mahallede "Bizim bizden başka dostumuz yok" diyen siyasi hareketin bıyıksız üyesi olarak biliniyordu ve yaygın kanaate göre de Kürt olduğu için dost sınıfına girmeyen tüm öğrencilere düşük not veriyordu. Keşke coğrafya hocası da annesi ve abisi gibi Özalcı olsaydı. Ballı petekli partinin başkanıyken Cumhurbaşkanı olan Turgut Özal daha bir ay önce vefat etmişti. Annesi Munise hanım başbakanlığından beri çok sevdiği Özal'ın ölümüne üzülmüştü. Ağlamıştı bile. Coğrafyacı Erkan da Munise gibi düşünseydi belki hak ettiği notu verirdi. Olsun, yine de takdir almıştı. Fakat bu kez hüzün doluydu içi. Geçen seneki gibi güle oynaya adımlamayacaktı okul yolunu. Evlerin bahçesine girer girmez takdir belgesini havaya kaldırıp ablasına 'Bak ne aldım' diye bağırmayacaktı. İçinden gelmiyordu. Abisi Abdurrahman saçını okşayıp 'aferin kara kız' demeyecekti, eline çekiç alıp da duvara çaktığı çiviye takdir belgesini tutuşturmayacaktı. Herkesin aklı göç etmedeydi. Çok sürmedi hazırlıklar, iki somya üç beş mobilya vardı evlerinde. En büyük yük, yer yatakları ve minderlerdi.

Pazar sabahıydı. Evin önüne yeşil renkli bir kamyon yanaştı. Kamyonun uzun burnunun orta yerinde yandan bakınca karşı tarafı gösteren komik bir boşluğu vardı. 15-20 metrede bir de dızzıt diye ses çıkarırdı. İlçede herkes o kamyonu dızzıt diye bilir, arka mahallelerden geçse bile sesinden tanırdı. Pala bıyıkları ağzına giren göbekli Bahattin'in kamyonuydu. Bahattin iri yarı biriydi; ama karısı Saniye ondan daha da iriydi. Ağzı bozuk bir kadındı, hele istediği olmasın, Bahattin'e dünyayı dar ederdi. Dışarıda külhanbeyi pozlarında yürüyen Bahattin, evde karısının karşısında taze gelin gibi süzülüyordu. Gizli kılıbık Bahattin karısının baskılarından öyle bunalıyordu ki uzun yol işi aldı mı mutlu oluyordu. Silvan'a da mümkün olduğu kadar geç dönerdi. Kamyoncu lokantalarında, yol üstü genelevlerde ve meyhanelerde vakit harcamayı severdi. Göğüsleri beline kadar sarkan Saniye'nin koynunda uyumaktansa yol üzerinde pazarlık yaptığı bir fahişeyle kamyon kasasına serdiği battaniye üzerinde sabahlamayı tercih ediyordu çoğu zaman. Yol ne kadar uzunsa karısının dırdırından bıkan Bahattin'in intikamı da o kadar uzun soluklu ve tatlı oluyordu.

Dızzıt kamyonun camında yamuk yumuk harflerle yazılmış 'Yük ve eşya taşınır' tabelası asılıydı. Dızzıt kamyon şimdi Hatice'nin evini taşıyacaktı. Komşular, akrabalar bir yandan gözyaşı döküyor diğer yandan evde gördükleri ne varsa dızzıt kamyona taşıyordu. Eşyasız bomboş kalan evde ağızdan dökülen her söz yankılanır olmuştu. Duvarlara çarpıp dönen her ses hüzün haykırıyordu. Her hüzün Munise hanımın, Leyla'nın ve evin küçük kızı Hatice'nin gönlüne mızrak gibi saplanıyor derin boşluklar açıyordu. O boşluklardan nice anılar yol bulup gönüllerin en derinine yerleşiyordu. Mütemadiyen akla düşebilsinler diye, iki kız bir ananın gözyaşı hiç kurumasın diye... Anılar sadece Abdurrahman'ın gönül kapısını çalmamıştı. O gönlünü çoktan kapatmıştı Silvan'a. Hüzün bir yana yüzünü güldürecek bir tek anı bile yerleştirmedi valizine.

Hatice karnelerini, takdir belgelerini tek tek duvardan indirip çantaya yerleştirmişti geceden. Eline geçirdiği ufak tefek eşyayı kamyona taşıyıp yardım ediyordu. Evden çıkıp kamyona varana kadar eş, dost, akraba kolundan çekiştirip sarılıyor, öpüyor, kokluyor bir yandan da ağıt yakıyordu. 'Bu kadar seviliyor muydum ben' diye düşündü her seferinde. Seviliyordu aslında, yalnız eş, dost, akrabanın o denli ağıt yakmasında bir sebep daha vardı. Can buldukları topraklar artık can korkusu yaşatır olmuştu. Bir yandan da kendi hallerine ağlıyorlardı aslında. Herkesin bir derdi vardı işte. Ağlıyorlardı dertlerine. Hatice'nin en büyük derdi babasıydı. Nasıl bırakacaktı etrafı mermerle örülü o toprağı geride? Baba bildiği mezarı ziyaret etmek istediğinde hangi toprağa el sürecekti? Toprak bulabilecek miydi büyük şehirde? Babası Remzi, İstanbul'a gitmiş o daha 6 aylıkken. Gurbete çıkmış çoluk çocuğunun rızkı için. Bir gün inşaatın tepesinden düşmüş zemindeki tuğlaların üzerine. Tuğla çekiyormuş 12. kata, eli makaraya dolanmış, dengesini kaybetmiş, düşmüş, oracıkta can vermiş. Tahta bavuluyla gurbete giden delikanlı, tahta tabutla otobüs bagajında geri dönmüş. Hatice'nin yüreğini burkansa, babasının can verdiği büyük şehre can bulmak için kaçıyor olmalarıydı.

Eşyalar dızzıt kamyona tamamen taşınınca sıra onlara geldi. Annesi ve ablasıyla kamyonun kasasına çıktılar. Eşyalar kasanın yarısını bile doldurmamıştı. Bir yer yatağı açılmıştı kasanın ortasına. Yol boyu yenecek birkaç ekmek, domates, salatalık bir de konu komşunun getirdiği bisküviler bir köşeye istiflenmişti. Abisi ise uzun bıyıklı iri yarı şoförle birlikte önde oturacaktı. Eşyaların taşınması sırasında gözyaşlarını tutan Munise hanım ve Leyla, kasa kapağının kapanmasıyla birlikte hıçkırıklarını tutamaz olmuştu. Biri ölmüş kocasını diğeri sokağın başındaki evin delikanlısını evlenme hayalleriyle birlikte geride bırakmıştı. Neyle karşılaşacaklarını bilmedikleri bir memlekete gidiyor olmanın korkusu acılarını daha bir artırmıştı. Annesi ve ablası az biraz uyudukları vakitler haricinde yol boyu ağlamıştı. Kamyon yolda dört kez mola vermişti. Hatice, abisi Abdurrahman'ı ancak bu molalarda görebilmişti. Pek dertli görünmüyordu Abdurrahman, Silvan'dan kaçıp kurtulma derdindeydi. O da oldu işte.

Mola yerleri Hatice için yeni tecrübeler demekti. Düğün dernekleri saymazsak ilk kez dışarıda yemek yemişti. Silvan'a gelen memurlar haricinde ilk kez yüzü, dili farklı insanlar görmüştü. Bu arada ilk kez para ödeyerek tuvalete gitmişti; utana sıkıla... Bolu yakınlarındaki mola yerinin hemen yanında ilk kez bir havuza denk gelmişti. Çocuklar

SENDEN SONRA AŞK

yüzüyordu, mutlu görünüyorlardı. Havuza balıklama atlayan kilolu bir haylazın suda çıkardığı foşşş sesinden irkilen çocuklar dikkatini çekti. Güldü. "Silvan'da kurşun sesi, burada foşşş sesi" diye geçirdi içinden. Keşke hiç kurşun sesi duymamış olsaydı, havuza atayan besili bir çocuğun fışkırttığı sudan irkilseydi sadece.

Molalarda Munise hanım ve Leyla kamyondan hiç inmedi. Mümkün olsa ömürlerini o kamyonun kasasında geçirirlerdi. Kamyonun kasasını kapatan brandanın bir ucu açık bırakılmıştı içeri hava girsin diye. Havanın yanında şoför mahallinden gelen müzik sesleri de doluyordu karanlık kamyon kasasına. İbrahim Tatlıses'in yeni kasetini almıştı kılıbık Bahattin. Çevirip çevirip İbrahim Tatlıses'in türkülerini dinliyordu. Hatta çevirmiyordu bile çoğu zaman. Ah keşkem türküsünü geri sarıp sarıp dinliyordu. Kimi zaman da kaset kendi kendine sarıyordu. Kılıbık Bahattin başlıyordu küfretmeye. Senin gibi teybin ta... Genelde gerisini getirmiyordu. Bazen de ana avrat düz gidiyordu. Önce kamyonu müsait bir yerde sağa çekiyordu. Saran kaseti dikkatlice teypten çıkardıktan sonra serçe parmağını soktuğu tırtıklı yuvarlak delikten dolaşmış bandı düzelte düzelte geri sarıyordu. Eğer o boşluğa zar zor sığan serçe parmağı yerine kullanabileceği bir kalem varsa yanında bu işlemi daha çabuk yapabiliyordu. Kaseti teybe takıp müziği duyar duymaz yine basıyordu gaza. Keşkemler yayılıyordu şoför mahallinden. Hatice de seviyordu bu türküyü. Hem hareketli müziği hem sözleri hoşuna gidiyordu. Hele türküye girişte o zurna sesi yok mu; düğündeymiş gibi oynamak geliyordu içinden o

- 28 -

sesi duydukça. O minicik boşluktan içeri dolan ah keşkem ah keşkemleri duyar duymaz kafasını çıkarıyordu kamyon kasasından. Daha net duymak istiyordu türküyü. Henüz çok olmamıştı ayrılalı; ama çok sevdiği arkadaşlarını hatırlatır olmuştu ah keşkemler. Komşu kızı Süheyla'nın abisi İbrahim Tatlıses'in kasetini almıştı. O işe gittiğinde Süheyla Hatice'yi ve diğer arkadaşlarını çağırırdı. Yer minderleri, priz kenarına iliştirilmiş aile fotoğrafı, duvara asılı Kuran ve bir teybin bulunduğu odada toplanırlardı. Takarlardı kaseti teybe, açarlardı ah keşkemi. Defalarca dinlemişlerdi. Bir keresinde Süheyla dayanamayıp sormuştu "Keşkem nedir" diye. Hatice de diğer kızlar da şaşakalmıştı. Hiçbiri cevap verememişti. Ancak Hatice "Keşkedir o akıllım" diyebilmişti bir süre sonra. Ama Süheyla ikna olmamıştı. Başka bir anlamı vardır diye diretiyordu. "Keşkem nedir" deyivermişti üstüne basa basa. Hatice'nin de kafası karışmıştı. Şoför mahallinden İbrahim Tatlıses keman eşliğinde söylüyordu:

*"Seninle çıkabilseydim ah keşkem ah keşkem*

*Elini tutabilseydim ah keşkem ah keşkem*

*Kafelerde diskolarda belini sarabilseydim ah keşkem ah keşkem"*

Hatice merak ediyordu; "keşkem nedir?"

Canı sıkıldıkça kafasını o küçük boşluktan uzatıp etrafı izliyordu Hatice. Rüzgarda uçuşan örgülü saçlarıyla memleketine veda ediyordu. Bir zaman tozlu topraklı dar yollar genişlemiş tamamen asfalt olmuştu. İlerledikçe evler de büyüyordu. Yolda elektrik direklerini sayan çocuklardan değildi. Evlerin kat sayısını saymaya çalışıyordu şehir merkezlerinden geçerken. Bir derdi vardı. Babasının düşüp can verdiği 12 katlı ev ne kadar yüksekti merak ediyordu. 12 katlı eve hiç denk gelmedi kısık gözleri. Ama 8 katlı bir binayı gördükten sonra 12 katın ne demek olduğunu az çok hayal edebilmişti. Tek katlı evlerinin damından düşüp kolunu kırdığı günü hatırladıkça babasının yaşadığı acının dehşetini çocukluğundan beri hissediyordu.

Hatice bir tane bile 12 katlı bina görmeden kamyon İstanbul'a girmişti. Kocaman kalabalık yollar, biri alçak beşi yüksek düzensiz binalar görmüştü. Bir ara brandanın boşluğundan sadece maviyi görür olmuştu. Üstteki mavi gökyüzüydü de, alttaki neydi? 'Keşke kamyon biraz daha yavaş geçseydi köprüyü' diye içinden geçirdi. İlk kez gördüğü denizi uzun uzun seyretmek istedi. Sadece İstanbul'un Avrupa yakasına taşınırken Boğaz'ı görebilen ve şehrin varoşlarında iş-ev arası 15-20 yılı devirip de bir kez olsun deniz kıyısına gidemeyen metropol kalabalıklarından habersizdi henüz. Denizle tanışma hususunda yine de şanslıydı. Ya taşındıkları ev Anadolu yakasında olsaydı?

Hatice'nin kara gözlerini köprüyü geçer geçmez bulutlara değen binalar karşıladı. Avrupa kıtasının havasını solumaya başlamışken 'Babamın canını alan bina bunlardan hangisi acaba?' diye sordu. Cılızdı sesi, kendi sordu, kendi duydu. Ömrü boyunca cevabını bulamayacağı bu soruyu annesine sormak istedi. Bir an arkasına döndü, vazgeçti. Ağlamaktan gözleri morarmış annesini daha da üzmek istemedi.

Tüm detayları öğrense bile babasını asla göremeyecekti. Hayatından hayat bulduğu babasına asla kavuşamayacaktı. Az önce tanık olduğu manzaradaki gökyüzü ve deniz gibi...

Köprüden yaklaşık 20 dakika sonra kamyon kalabalık yoldan Esenler Atışalanı yazan bir tabelayı takip ederek ayrılmıştı. Genişçe bir cadde üzerinde biraz ilerledikten sonra ara sokaklara dalmıştı. 'Burası mı büyük şehir' demekten kendini alamadı Hatice. Gördüğü manzara Silvan hasretini şimdiden alevlendirmişti. Düzensiz evler, çamur sokaklar, çöp yığınları... Böylesi bir sokakta yavaşladı kamyon. İnşaat havası var sokakta. Evlerin çoğu sıvasız, sıvası olan boyasız. "Bizim evimiz bunlardan çok daha iyiydi" diye geçirdi içinden. Arada bir iki tane dış cephesi minik taşlarla süslenmiş, balkon demirleri boyalı ev de vardı tabii. Sonradan öğrenecekti, onlar Almancı eviydi. Dızzıt kamyon tam da öyle bir evin önünde durdu. Bina üç katlıydı –iyi ki öyleydi ya on iki katlı olsaydı-, dış cephesi Silvan'daki evlerine astıkları duvar halısı gibi süslü püslüydü. "Minicik taşları tek tek nasıl yapıştırmışlardı o duvara" diye hayret etti. Süse değil, zahmetine vurulmuştu. Kamyondan iner inmez abisi Abdurrahman'a sordu "Bunları nasıl tek tek yapıştırmışlar abi" dedi. "Onlar betebe kara kız, kalıp kalıp yapıştırıyorlar" cevabını alınca hayranlığı bir anda uçup gitmişti.Aileyi karşılayan amcası Halil'in sevgi dolu sözlerine aldırmadan 3 katlı Almancı evinin balkonlarına gözlerini dikmişti, 'Acaba hangi katta yaşayacağız' diye merak ediyordu. O arada annesi ve ablası kamyondan inmiş, amca Halil'le ayaküstü dertleşmeye başlamıştı. Tanımadığı birilerinin kamyondaki eşyaları, süslü püslü Almancı evinin giriş katına taşıdıklarını gördü. İyi de orası dükkan değil miydi? İşte o an heyecanı tümden sönmüştü. Nasıl yani, bir dükkanda mı yaşayacaklardı? Evet, amca Halil ancak o dükkanı bulabilmişti rahmetli abisinin emaneti olan yengesi ve 3 yeğeni için. Evlerin kirası 50 milyondu, dükkanınki ise 20. Sokak arasıydı ve depo olarak kullanmak isteyenlerin haricinde dükkana rağbet gösteren yoktu. Almancı ev sahibi de15 milyona tekstilcinin birine vermektense tuvaletini genişletip banyo eklediği dükkanını eve çevirmişti.5 milyon daha fazla kazanmaktı derdi.

4 katlı geniş bahçeli evleri artık geride kalmıştı. Şimdi koca camlı, perdeyle bölününce iki odalı dükkândan bozma yeni evlerine eşyalarını taşıyorlardı. Hatice de yardım ediyordu. Hepsi mutsuz, hepsi huzursuz... Annesi dükkânın koca camlarını, demir kapıların altındaki boşlukları görünce 'Kışa burada ne yaparız' diye sordu amca Halil'e. Kışa kadar orada dayanabileceklerini sanıyordu. Bir yandan da 'Bu mağaraya neden geldik' diye iç geçirip ağlıyordu. Gözyaşlarını silmekten beyaz tülbenti sırılsıklam olmuştu.

Camlar kireçle boyanıp perdeler asıldıktan sonra somyalar da karşılıklı yerleştirilince dükkân biraz olsun eve benzedi. Tuvalet ve banyo bir aradaydı. Alışık değillerdi buna. Tuvalet dediğin evin dışında olurdu. Şimdi bir köşeye kurdukları mutfakla tuvalet arasında ince bir duvar vardı. Mutfak dediğin kap kacağın üst üste yığıldığı daracık bir alan. Altında seti olmayan set üstü ocak, bir tüp, içi bulgur, mercimek ve fasulye dolu üç kova. Artık bulaşıkları tuvalet ve banyo olarak kullandıkları iki metrekarelik yerde yıkayacaklardı. Hatice çok aldırmıyordu bu duruma. Ama annesiyle ablası yıkılmıştı. Hıçkıra hıçkıra ağlamak istiyordu ikisi de. Amca Halil'den utanıp yutkunuyorlardı. Bir daha binselerdi keşke kamyon kasasına, ağlasalardı nefesleri kesilene kadar, hiç kimseden utanmadan...

Tuvaletin dibine tabak çanak taşıdıkça ablasının midesi iyice bulanır olmuş, aklına eskiden arka sokaklarında yaşayan Kara Şeref'in evi gelmişti. Teni gerçekten kapkaraydı, o yüzden Kara Şeref diyorlardı adama. Kara Şeref için bir de atayis derlerdi. Mahalleliye göre Allah'a inanmıyordu. Eşi Halime herkes gibi bir kadındı, 3 oğlu ve 4 kızı bitliydi; ama onlar da her çocuk gibiydi. Yine de mahalleli evlerine pek gidip gelmiyordu. Çünkü tuvaletleri evlerinin içindeydi. Sorun bu değildi elbette. Mutfak olarak kullandıkları geniş alanın hemen köşesindeki tuvaletin kapısı yoktu. Bu yüzden yemekleri yenmez, çayları içilmezdi. Temizlik derdi bir yana mahallenin en arsız kadınları bile kapısı olmayan tuvaletten utanırlardı. Misafirliğe de hastalık falan olmadıkça gitmezlerdi Kara Şeref'in evine. Halime de bunu bilir, atayis kocasına tuvalete kapı yapması için ısrar eder dururdu; ama bir türlü sözünü dinletemezdi. Herkes Kara Şeref'in atayisliğinden böyle davrandığını sanıyordu. Orda burada 'Sovyetlerde de tuvaletlerin kapısı yokmuş, onlara özeniyormuş' diye laflar dolaşıyordu. Oysa Kara Şeref'in tembelliğinden bir kapı yapmaya eli gitmiyordu. Parasına kıymıyordu. Bir yandan da kapısız tuvalet işine geliyordu. Misafir gelmiyordu evlerine. El arabasında sattığı sebze, meyveden kazandığını mahallenin dedikoducu karılarına yedirmek istemiyordu. Varsın Cuma namazlarına bile gitmeyen, kınayan bakışlardan kurtulmak için gittiğinde de kapıya en yakın yerde iki rekat farzı kılıp kaçan Kara Şeref'i atayis bilsinlerdi, varsın tuvalet de kapısız olsun. Onun içi pek rahattı. Lakin Hatice'nin anne ve ablası hiç rahat değildi. Tuvalet dibinde yaşama mahkum olmak onlar için ayıptı, günahtı, rezillikti. Katlanacaklardı mecburen.

En zoru ilk geceydi. Amca Halil "Bu gece bizde kalın" diye ısrar etti. Munise hanım istemedi. Amca Halil'in evine adım atmak istemiyordu. Halil'in karısı Melihat'tan hiç hazzetmiyordu. Yüzü gibi gönlü de çirkindi Melihat'ın. Kıskançtı, cimriydi. Baksana, bir hoş geldin demeye bile tenezzül buyurmadı. Bir de evlerine giderlerse Munise hanım ve çocuklarının yediği her lokmayı sayar gözlerinin içine dik dik bakardı kesin. Aslında Munise hanım Melihat'ı gençlik yıllarından sevmezdi. Melihat, bütün mahalleyi birbirine düşürecek kadar dedikoducuydu. Gözü de mahallenin genç delikanlısı Remzi'deydi. Genç kız Munise'nin gönlünü kaptırdığı kara kaşlı delikanlıyı elinden almaktı tüm derdi. Bir keresinde bu amacına ulaşmak için Munise'ye iftira bile atmıştı. "Bu kız da pazarcı Veli'ye bakıyor" diye dedikodu yaymıştı mahallede. Allah'tan mahallenin tüm kızları Melihat'ın ne dedikoducu, ne çirkin biri olduğunu biliyordu. Hiçbiri bu dedikoduya oralı olmamıştı. Zaten Munise hanım genç kızlığa adım attığı günlerden itibaren Remzi'yi sevmişti. Remzi de onu. Bu yüzden 5 dakikalık ayaküstü muhabbet için bile beş takla atan Melihat'a bir kez olsun dönüp bakmamıştı. Gurbet elde çalışarak biriktirdiği paraları biriktirip Munise'yle evlenmişti. Melihat da hasedinden çatlamıştı. Ama hırsından vazgeçmemiş bu kez Remzi'nin halim selim kardeşi Halil'e kancayı takmıştı. Bu sefer başarılı olmuştu. Halil o kadar munis bir delikanlıydı ki birkaç iyi söze kanan bir yapısı vardı. Melihat da söz ve göz ustasıydı. Şuh bakar hoş sözler söylerdi. Gönlüyle pek zıttı, ama bu konuda pek başarılıydı. Remzi'nin Munise'yle yuva kurduğu yazın bitmesini beklemeden Halil'i evlilik için ikna etti. Yaz sonunda Halil'le evlendi. Ardından kışın bitmesini beklemeden "Büyük şehre gidelim" diye başının etini yediği Halil'le İstanbul'a taşındı. Munise hanımla birlikte mahallenin genç kızları Halil'e üzülmüş, Melihat'tan kurtulduklarına çok sevinmişti.

Şimdi o kötü niyetli Melihat'ın çirkin yüzünü görmek, bu kadar büyük hüznün arasında pis dedikodularını dinlemek istemiyordu Munise hanım. Halil çok ısrar edince Hatice'nin gitmesine istemeyerek de olsa izin verdi. Hatice'nin daha fazla yorulmasını istememişti biraz da. Leyla ve Abdurrahman'la gece boyu ortalığı düzeltiriz diye düşünmüştü.

Amcasıyla gitti Hatice. Bir minibüse bindiler. Çok kalabalıktı. Sıkışıp kalmıştı koca koca adamların arasında. Amcasının cebinden zar zor çıkardığı para elden ele şoföre ulaşmıştı. Para üstü aynı ellerden geri gelmişti. Uzun sürmedi yolculuk, amcası da Esenler'in başka bir semtinde oturuyormuş meğer. İndiler minibüsten. Birkaç ara sokak geçtiler. Demir kapısının üstünde Bereket Apartmanı yazan

4 katlı bir binaya girdiler. Bu binanın da dışı o küçük taşlarla süslenmişti. Köşelerde kuş figürleri vardı. Tam ortadaki apartman yazısının üstünde çok büyük Arapça harflerle Bismillahirrahmanirrahim tabelası vardı. İkinci kata çıktılar. Amca Halil kapıyı açtı. "Melihat" diye seslendi. Yemek kokuları gelen kapının ardından çıkıverdi Melihat. Hatice'yi görür görmez yüzü düştü. "Remzi'nin kızı mı bu" diye sordu. Hatice hemen fark etti Melihat'ın kendisini görünce somurttuğunu. Amca Halil de... Karısının suratsızlığını Hatice'ye hissettirmek istemedi. Melihat'a sert bir bakış attı önce. Ardından Hatice'ye "Hadi kızım salona geçelim" dedi.

Mahallenin bütün evleri dıştan ve içten birbirinin aynısıydı. Dışı sıvalı, boyalı olan evlerin içi de mobilyalı, beyaz eşyalı oluyordu. Tuğlalı evlerin içiyse minderli ve çileli... Amca Halil'in evden yana çilesi yoktu. Hatta salonunda mobilyadan adım atacak yer yoktu. Çabucak kirlenmesin diye üzerlerine kırmızı gül desenli kılıf geçirilmiş karşılıklı iki büyük, yan yana iki tekli koltuk salonun büyük kısmını kaplıyordu. Sağ köşede televizyon. Üstünde katlanmış dantel. Diğer köşede fiskos masası. Üstünde sarılı kırmızılı yapma çiçekler. Bir de parlak porselenden yapma rengarenk kuş biblosu. Karşı duvarı kapatan bir vitrin. Camlı kapakların ardında raflara dizili tabaklar, bardaklar, çeyizlik eşyalar... Salonun her köşesinde ayrı bir süs vardı. Hatice, allı morlu eşyalara bakarken amca Halil "Kızım neredesin" diye seslendi. Hatice, Halil diye bir amcasının, Melihat diye bir yengesinin olduğunu biliyordu. Ama bir kuzeninin olduğunu bilmiyordu. Şaşırdı. Acaba yaşıtı mıydı? Merakla

Halil amcasının kızını beklemeye başladı. Tahminleri tutmadı. Elinde bebekle küçük bir kız çocuğu girdi salona. Önce merakla salonda oturan yabancı kıza baktı, ardından babasına koştu. Amca Halil "Bak kızım Hatice ablan, amcanın kızı" dedi. Hatice sevmişti kumral saçlı kuzenini. Annesi gibi değildi yüzü, gülüyordu.

- Adı ne?

- Zahide

- Yaşı kaç?

- Yedi.

Gülerek ekledi küçük kız: "Okula gideceğim ben bu sene."Zahide, babasının kucağından inip Hatice'nin yanına oturdu. Amca Halil televizyonu açtı. Kanal 6'da Mahallenin Muhtarları oynuyordu. Hatice TRT 1 ve TRT 2'den başka kanal bilmiyordu.Hafta içi her gün okul dönüşü saat 5'i çeyrek geçe ablasıyla TRT 1'i açar yer minderine otururlardı. Hatice başını ablasının omzuna yaslar, ablası küçük kardeşinin uzun sırma saçlarını okşar; Sem'le Kayl'ın aşk dolu maceralarını izlerlerdi. Hafta sonları da Hatice'nin eğlencesi Susam Sokağı'ydı. Şimdi ilk kez özel bir kanal izliyordu. Yeni yeni açılan özel kanallar henüz Silvan'da çekmiyordu çünkü. Bir yandan dişleri çarpık kuzeninin sorularına cevap veriyor diğer yandan heyecanla diziyi izliyordu. Karadeniz şivesiyle konuşan kahveci Temel'in komik hallerini çok sevmişti. Temel'in bir de Çaydanlık adını verdiği maymunu vardı. Hatice diziye öyle dalmıştı ki Amcası Halil'in "Yemek hazır mı" diye bağırmasını bile fark etmedi. Suratsız yenge Melihat "Hazır" diye bağırdı içerden sinirli sesiyle. Kenarları dantel işlemeli sofra bezini getirip salonun orta yerine açtı. Tabak, kaşık getirdi, siniyi açıp sofrayı kurdu. Ama hala Hatice'ye bir hoş geldin bile demedi. Zahide'yi Hatice'nin yanında gördüğünde suratsızlığı katmerleşmişti. Hatice'nin yanından kaldırmak istediği kızına "Bırak şu televizyona bakmayı, çabuk otur yemeğini ye gebertirim seni" diye bağırdı. Zahide korktuğu her anda olduğu gibi ellerini böğründe bağlayıp kambur olmuştu. Zahide böyle yapınca kendini korumaya aldığını düşünüyordu. Haklıydı da. Annesinden dayak yerken en az acıyı böyle kambur olup ellerini göğsünde bağladığında hissediyordu. Ve böyle zamanlarda annesinden nefret ediyordu. Dayak yemektense karanlık bile olsa sokaklarda olmak istiyordu hep. Kararlıydı, biraz daha büyüyünce öyle evden çok sokakta olacaktı. Halil kızının korktuğunu anladı. Elinden tutup sofraya oturttu. Sonra Hatice'yi sofraya çağırdı.

Hatice, suratsız yengesinin yemeğini amcasının zoruyla yedi. O çok sevdiği ayran çorbasını içmedi bile. Çok yorgundu. Bir köşeye kıvrılıp yatmak istiyordu bir an önce. Amcası da öyle düşünüyordu. Sofradan kalkar kalkmaz "Melihat koltuğu aç da kız yatsın" dedi. Malihat açıldığında yatak olabilen üçlü koltuğa baktı. "Ne gerek var açmaya, bi avuç kız" diye karşılık verdi. Koltuğu açmayarak Munise hanıma olan hıncını Hatice'den çıkarıyordu aklınca. Yandaki odadan bir yastık bir de nevresim getirdi. Koltuğa çarşaf bile sermedi. Hem üşengeçliğinden hem de kalbinde kabaran kötülüğünden. Başka zaman olsa Melihat'ın yobazlığını düşünmekten Hatice'nin gözüne uyku girmezdi. Ama öyle yorgundu ki yengesinin yatak olması için açmaya kıyamadığı koltuğa uzanır uzanmaz uyuyakaldı. Nevresimi üstüne doğru düzgün örtememişti bile.

O gece Munise hanım ve Leyla haricinde belki de bütün İstanbul rahat bir uyku çekmişti. Hele Abdurrahman başını yastığa koyduğu gibi uykuya dalmıştı. Uyumadan önce Munise hanım ve Leyla'nın gözünde dökülecek daha çok gözyaşı vardı. Rutubet kokulu dükkanı yaşanacak bir eve çevirmeye gayret ediyorlardı. Yatsı namazını kılmak için ara vermişlerdi işlerine. Secdeye vardıklarında yürekleri daha bir eziliyor içli içli ağlıyorlardı.

Yatsı namazından sonra yine işe koyuldular. Abdurrahman yer yatağında horul horul uyuyordu. Kıyı köşe tamamen silinip temizlendikten sonra tüm eşyaları çuvallardan, sandıklardan çıkarıp duvar diplerine yerleştirdiler. Dükkan olsun diye yapılan koca boşluk biraz olsun eve benzemişti nihayet. Sivillerin ayakkabıyla üstünde bir daha gezinemeyeceği temiz halılar beton zemini örtmüştü. Köşeye minderler dizilmiş, geniş dükkan pencerelerini pırıl pırıl perdeler kapatmıştı. Kamyonda taşınırken her yanı çizilmiş elbise dolabı ile televizyon sehpası da yan yana... Ama Kuran'ı Kerim yerini almadan tam olarak yerleşmiş sayılmazlardı. Munise hanımın içi rahat etmezdi. Aslında ta sabah vakti Amca Halil'den Kıbleyi öğrenir öğrenmez Abdurrahman'ı yanına çağırmıştı. Kıbleye bakan duvara bir çivi çakmasını istemişti. Abdurrahman sebebini anlamasa da çekici eline birkaç kez vurduktan sonra çakabilmişti çiviyi o duvara. Sırası gelmişti... El işlemesi kılıfta muhafaza ettiği Kur'an-ı Kerim'i sehpadan aldı. El işlemesi kılıfı eliyle okşadı bir süre, dayanamadı, ağlamaya başladı. Leyla, Silvan'daki bahçelerini çit gibi saran ağaçların gölgesinde işlemişti o kılıfı. Birbirine kenetlenmiş iki vav vardı kılıfın üstünde. Rab'bi temsil ediyordu. Ebced hesabında 6'ydı vav. Allah kelimesinin tasavvuftaki karşılığı ise 66'ydı. Leyla, vav'ları işlerken iğneyi ipliği eline abdestsiz almamıştı. Dedesi Hacı Ali Osman'dan dinlemişti vav'ın hikmetini. Müminin 6 amentüsüydü vav, kainatın yaradılış hikayesiydi. Ana karnındaki cenindi ruh üflenince; secdeye varmış, tevazuyla boyun eğmiş mümindi kemalata erince.

Yeni evlerine yerleşme telaşından yatsı namazını hiç yapmadıkları kadar geç saatte kılmıştı ana kız. Abdestliydi. Sabah namazını kaçırırım korkusuyla uyumak da istemiyordu. Duvara asmadan önce Kuran'dan biraz okumak istedi. Hem ezanı bekler hem de içi ferahlardı. Babası Hacı Ali Osman'dan kalma Kuran-ı Kerim'i kılıftan çıkardı. İyi okurdu Munise hanım, tecvidi iyi bilirdi. Hacı babası öğretmişti.Babası Hacı Ali Osman, çiftçiydi; ama öyle çiftçilerden bir çiftçi değildi. Bitlis'te bir şeyhten ders almış; medrese eğitimi görmüş mübarek bir adamdı. Tekvir suresini açtı Munise hanım. Anlamını babasından öğrendiği surelerden biriydi Tekvir. Her okuyuşunda tüyleri diken diken olurdu. Her bir harfinde iman tazeliyordu sanki."Güneş dürüldüğünde, yıldızlar bulanıp söndüğünde, dağlar yürütüldüğünde" ayetlerini okumaya başlayınca damarlarındaki kan çekiliyordu. Sure, "Alemlerin Rabbi Allah dilemedikçe siz dileyemezsiniz" ayetiyle bitiyordu. İman etmişti buna. Önce beyaz tülbentiyle gözyaşını sildi, yer yataklarında uyuyan çocuklarına baktı. Hatice'sini çok özlemişti bir gecede. Teslim olmuştu kaderine. Yaşlılık benleri düşmüş eliyle Kur'an-ı Kerim'in tutkal kokulu sayfasını okşadı, başladı okumaya. Biraz sonra sabah ezanının sesi yayıldı mahalleye. Munise hanım okuduğu ayeti bitirip namaz için Leyla'yı uyandırdı. Abdurrahman'ı dürttüyse de ayağa kaldırmayı başaramadı. Ana kız kıldılar sabah namazını. Öyle bir yorgunluk vardı ki üzerlerinde, hiç terk etmedikleri tesbihatı yapmadan iki rekât farzın selamını verir vermez uyudular. Aradan henüz iki saat geçmemişti ki cam tıkırtısına uyandı Leyla. Korktu. Annesini uyandırdı. Amca Halil'i ve Hatice'yi bekliyorlardı; ama bu kadar erken değil. Leyla geniş camı kireçle boyanmış demir kapıyı açtığında dondu kaldı. Birkaç adım gerisindeki Munise hanım da taş kesilmişti. Leyla yutkundu, Yılmaz diyebildi sadece. Yılmaz... Örgütten aranan Yılmaz, Munise hanımın tertemiz halılarının neredeyse haftada bir postallarla, pis ayakkabılarla çiğnenmesine sebep olan Yılmaz, büyük şehre göç etmelerine sebep olan Yılmaz... Şimdi karşılarındaydı. Nereden çıkmıştı, buraya yerleştiklerini nereden bilmişti? En önemlisi de evleri 1 yıldır devlet kimliği taşıyanların aramalarında harman yerine çevrilirken o nerelerdeydi?

İlk şaşkınlığı atlattıktan sonra buyur ettiler Yılmaz'ı içeri. İkisinin de gönlünden geçmiyordu aslında buyur etmek.

Hala korkuyorlardı örgütten, aramalardan. Yapacak bir şey yoktu, kapıdaki akrabalarıydı eninde sonunda...

Yılmaz, uzun süredir İstanbul'daydı. Etrafa hava basayım, biraz da para kazanayım derken Silvan'da adını örgütçüye çıkaran karanlık ilişkileri sebebiyle uzun zaman önce büyük şehre kaçmıştı. Yakalanma korkusuyla Ekrem Taşlı adına düzenlenmiş sahte TC kimliğiyle yaşıyor, bir konfeksiyon atölyesinde çalışıyordu. Göstermelik bir işti bu. Bir yolunu bulup kaçak yollardan Almanya'ya gitme planları yapıyordu. Çok fazla göze batmadan ev, iş ve meyhane arasında yaşayıp gidiyordu. İş çıkışlarında zaman zaman zincirleri kopuk paslı salıncaktan başka hiçbir şeyi olmayan parka giderdi. Park çocuklardan çok, her cumartesi akşamı babalarına teslim ettikleri haftalıklarından arta kalanı Maltepe sigarasına yatıran delikanlıların mekanıydı. Filtreliydi Maltepe, atölyelerde çalışan garibanların sigarasıydı. Beş parasız oğlanların sigarası filtresiz Birinci'ydi. Garibanlıkta sınıf atlayan delikanlılar yakıyordu Maltepe'yi, çömelip koyu muhabbete dalıyordu. Yılmaz Güney'in filmlerindeki kadar yoksul ve kahraman, Ahmet Kaya'nın şarkılarındaki kadar isyankar ve devrimci, İbrahim Tatlıses'in türkülerindeki kadar arabesk ve sevdalı bu gençlerle muhabbet etmeyi severdi Yılmaz. Taştan kalelerin kurulup gündelik elbiselerle maçların yapıldığı yeşili olmayan toprağı betonlaşmış o parkta yaşı kendinden küçük dostlarıyla vaktini geçirirdi gün batana kadar. Yılmaz en çok da Eyüp'le sohbet etmeyi seviyordu. 15 yaşındaydı ve hayatla kavgalıydı Eyüp. Ne yaşadığı mahalleyi, ne okuduğu okulu, ne anasını ne de babasını beğeniyordu. Mahalle arkadaşlarıyla Maltepe tüttürmekten bile zevk almaz olmuştu. Aklı başka yerdeydi. Yılmaz'la baş başa sohbet ediyordu sık sık. Üç-beş tahtası eksik bankın tepesinde otururken gömlek cebinde mavi bandrollü uzun Marlborosu eksik olmayan Yılmaz'dan dinlediği örgüt hikayeleri –pek çoğu üfürmeydi- kanını kaynatıyordu. Okullar kapandıktan sonra bir gün Yılmaz'ın kulağına fısıldadı.

- Ben de dağa gitmek istiyorum.

- Ne dağı lan?

Almanya'ya kapağı atmayı planlayan Yılmaz, başının belaya girmesini istemiyordu. Eyüp'ten uzak durmaya çalıştı; ama yakasını kurtaramadı. Sonunda pes etti. "Nereden başıma sardım bu çocuğu kafama sokayım" diye kendine küfretti defalarca. Yine de etrafta konuşur, başına daha büyük bela açar diye Eyüp'ün isteğine evet dedi. İki ayda tüm bağlantıları kurdu. Önce Van'a gidecekti Eyüp. Oradan Hakkari'ye. Oradan da ver elini kamp. Van biletini aldılar perşembe sabah 6'ya.

Eyüp Diyarbakırlı bir ailenin çocuğuydu. Üçüncü sınıfı iki kez tekrar ettikten sonra orta okulu zar zor bitirebilmişti. Biri Malatya'da kadro bekleyen imam, diğeri DSİ'de hademe, iki abisi vardı. Babası Mahmut, seyyar arabada pilav satarak ailesinin geçimini sağlıyordu. Eyüp ise ne imam ne hademe olmak istiyordu. Babası gibi seyyar pilavcı olmayı aklından bile geçirmiyordu. Ama ne olmak istediğini kendisi de bilmiyordu. Tek bildiği kaçıp gitmekti.

Pilavcı Mahmut, küçük oğlu Eyüp'ün son zamanlarda ortadan kaybolmasından işkillenmişti. Bazı günler pilavı bitirmeden eve dönüyor, parkta arkadaşlarıyla buluşan oğlunu uzaktan takip ediyordu. Son zamanlarda simsiyah saçlarını arkadan uzatmış, sürekli beyaz gömlek siyah pantolon giyen, uzun boylu, esmer tenli birini oğlunun yanında görüyordu. Yine parktaki bankın üzerine tünemiş fısır fısır konuşuyorlardı. Pilavcı Mahmut da parkı uzaktan gören kasabın köşesine tünemişti. Bu kez muhabbet uzun sürmüştü. Saat gecenin onuydu. Ayrıldılar nihayet. Eyüp düşünceli görünüyordu. Başı önünde hiçbir yere bakmadan yürüyordu. Hatta biraz ilerideki binanın köşesinde bekleyen babasının yanından geçse, onu bile fark etmeyecek kadar düşünceliydi. Pilavcı Mahmut'un yüreğine kurt düştü. Ne olmuştu acaba? Çocuğuna kötü bir şey mi yaptılar? Yoksa çocuğundan kötü bir şey yapmasını mı istediler? Hangisi? İkisi de beterdi. Üç beş metre ötesinden geçen oğlunun ardına takıldı. Eve kadar belli bir mesafeden takip etti. Sürekli dua ediyordu. Hafızdı pilavcı Mahmut. Evladı için Allah'a yalvarırken neredeyse hatim indirmişti. Ama içi bir türlü ferahlamamıştı. Oğlunun ardından eve girdi. Eyüp kanepeye uzanmıştı çoktan. Pilavcı Mahmut oğlunu sorguya çekmek istemedi. "Hele bir sabah olsun" dedi. Eşi Nazmiye hanım kaçak çay demlemişti. İçmedi. Yatsıyı kılıp yattı. Ama uyuyamadı. Döndü durdu yatakta. Nazmiye'ye anlattı durumu. Şimdi ikisi birden kıvranmaya başladı. Ta ki sabah ezanını duyuncaya kadar. Namaza kalktı Nazmiye. Abdest almak için yatak odasından çıktı. O anda dış kapının sesini duydu. Meraklandı. Uykulu gözleriyle salona baktı. Oğlu yoktu kanepede. Eyüp nereye giderdi sabahın bu vaktinde? Koştu hemen dış kapıya. Dışarı çıktı pazen geceliğiyle. Bir yandan da dışarı taşmış ak saçlarını başörtüsünün altına gizlemeye çalışıyordu. Eyüp'ü gördü sokağın köşesini dönüyordu. "Oğlum nereye" diye bağırdı ardından. Eyüp annesinin sesini duyunca hiç arkasına bakmadı. Hızlandırdı adımlarını. Durursa bir daha asla gidemeyeceğini biliyordu. Nazmiye, yalın ayak koştu ardından, kolundan yakaladı oğlunu. Nefesi kesilmişti.

- Oğlum nereye?

- Dağa gidiyorum, oradan Almanya'ya gideceğim. Bırak kolumu otobüse yetişmem lazım.

Kolunu kurtardığı gibi annesinden, koşmaya başladı. Nazmiye, yıkılıp kalmıştı sokak ortasına. Sesli sesli ağlıyordu. Kocasına haber vermek için kendini topladı. Eve koştu. Feryat ediyordu. Ağzı açık uyuyan uyuyan kocasını yumruklar gibi dürttü. "Kalk adam kalk, Eyüp gitti, kalk." Pilavcı Mahmut, korkarak uyandı. "Nereye gitti, ne diyorsun karı?" Az önce top atsan uyanmayacak kadar derin uykudaki Pilavcı Mahmut'un gözleri tavana kadar açıldı. Pijamasının üstüne pantolonunun çekip gömleğini sırtına geçirdiği gibi dışarı attı kendini. Komşusu pazarcı Davut'un zilini çaldı uzun uzun. Minibüsü vardı Davut'un. Penye etek bluz satıyordu pazarlarda. Davut kapıyı açtı gözleri şiş halde. Pilavcı

Mahmut'un ağladığını görünce "Ne oldu komşu hayırdır" diye sordu. Pilavcı Mahmut yalvarır bir ses tonuyla "Davut hemen Topkapı'ya gitmemiz lazım, bizim oğlan evden kaçtı" diye karşılık verdi. Davut'a oğlunun örgüte gittiğini söyleyemedi. Davut Bulgaristan göçmeniydi. Anlamazdı öyle meselelerden. Hemen içeri koştu pazarcı Davut. Minibüsün anahtarını alıp gelmişti. Üzerini bile değiştirmemişti. "Haydi komşu gidelim" dedi pilavcı Mahmut'a. Pazarcı Davut yolda Pilavcı Mahmut'a "Eyüp terminalde nerenin otobüsüne binecek, biliyor musun" diye sordu. Utana utana ağlayan pilavcı Mahmut, "Bilmiyorum" diye cevap verince şaşırdı. Koca terminalde Eyüp'ü nasıl bulacaklarını düşünürken pilavcı Mahmut "Bizim o taraflara giden yazıhanelere bakarız" deyiverdi. Pilavcı Mahmut örgüte katılanların genelde Hakkâri ya da Siirt'ten sınırı geçtiklerini biliyordu. İlk bakacağı yerler bu şehirlerin yazıhaneleri olacaktı. Pazarcı Davut, sarı renkli Ford transit minibüsünde hiç yapmadığı şekilde gaza basıyordu. Arkaya yüklediği malları yıkılmış etekler, bluzlar birbirine girmişti. Terminale Eyüp'ten önce varmak istiyorlardı. Vardılar da. Saat 5'ti. Eyüp'ü aramaya başladılar. Hakkari'ye, Siirt'e, Van'a, o taraflara giden otobüsleri tek tek aradılar. Yazıhanelere baktılar. Eyüp'ü bulamadılar. Pazarcı Davut "Ne yapacağız, polise haber verelim" diye bağırdı. Pilavcı Mahmut birden irkildi polisi duyunca. Polis karışmamalıydı bu işe. Korkuyordu. Oğlunu kurtarayım derken hapse de gönderemezdi. "Az bekleyelim" dedi. Yazıhanelerden tek tek otobüs saatlerini öğrendiler. 5 buçukta Hakkari'ye, 6'da Van'a otobüs vardı. Bir de öğle 2'de yine Van'a gidecek bir otobüsün olduğunu öğrendiler.

Pilavcı Mahmut'un tahminine göre Eyüp 5 buçuk ya da 6 otobüsünden birine binecekti. Hem Van hem de Hakkâri yazıhanesini uzaktan görebilecek şekilde beklemeye başladılar. Saat 5 buçuk olmuştu. Eyüp ortalarda hala yoktu. Pilavcı Mahmut'un üzüntüden yüzü iyice düşmüş gözleri iyiden iyiye kararmaya başlamıştı. Aradan beş altı dakika geçmişti ki birden gözleri parladı. Oğlunu gördü uzaktan. Tek değildi. Yanında yine o adam vardı. Davut'a bir şey söylemeden yerinden zıpladı pilavcı Mahmut. Üzüntüsü sinire dönmüştü. Yılmaz'ın üstüne doğru koşmaya başladı. Davut da arkasındaydı... Eyüp babasını görünce olduğu yerde dondu kaldı. Yılmaz ise arkasını dönüp kaçmaya başladı. Ama pilavcı Mahmut, Yılmaz'ın ensesinden sarkan uzun saçlarına yapıştı. Geriye doğru çekti Yılmazı. Sonra boğazına sarıldı. Öyle bir sıkıyordu ki; Yılmaz nefes alamıyordu. Yüzü kıpkırmızı kesilmişti. Yere oturmak zorunda kalmıştı. Bir yandan pazarcı Davut diğer yandan oğlu Eyüp, Yılmaz'ı pilavcı Mahmut'un elinden kurtarmaya çalışıyordu. Eyüp babasına yalvarıyordu "Bırak baba" diye. Ama pilavcı Mahmut, uzun süredir nefretle takip ettiği Yılmaz'ı yakalamışken bırakmaya hiç de niyetli değildi. Bas bas bağırıyordu.

- Bırakın öldürecem bu gavatı.

- Dur Allah'ını seversen Mahmut abi. Başımızı belaya sokma?

- Baba yapma, baba! Kurban olayım yapma! Babaaa!

Pilavcı Mahmut o kadar kendinden geçmişti ki; sünnet niyetine kemerinde taşıdığı çakısını çıkarıp Yılmaz'ın gırtlağına dayadı. Allah'ın 'öldürme' emrine karşı gelip katil olmak istemiyordu. Ama oğlunu bile bile ölüme gönderen bu adamı da cezalandırmak istiyordu. Kargaşa duyulunca yazıhanelerde çalışanlar, pos bıyıklı şoförler, yakasına zoraki iliştirilmiş kravatlarıyla sefer saatini bekleyen muavinler, etraftaki meraklı yolcular toplanmıştı olay yerine. Araya girenler oldu. Bazıları "Polis çağırın" diye bağırmaya başlayınca pilavcı Mahmut kendine geldi. Polis asla karışmamalıydı bu işe. "Seni bir daha mahallede görürsem gırtlağını keserim" diye bağırdıktan sonra bıraktı Yılmaz'ın yakasını. Bırakırken de arkadan Yılmaz'ın burnuna sağlam bir yumruk attı. Korkusundan dili tutulan Yılmaz, burnundan akan kanın sıcaklığını fark etmedi bile. Gırtlağında hala bıçağın soğukluğu vardı çünkü. Can havliyle ayağa kalkıp koşmaya başladı. Topukları kıçına vuruyordu. Ağırlık yapmasın diye siyah ceketini bile çıkarıp yere attı. Kan burnundan öyle bir boşalıyordu ki beyaz gömleği kıpkırmızı olmuştu.

Yılmaz bu olaydan sonra işe gitmedi, mahallede de görünmek istemedi. Kahvehaneye parka gitmez olmuştu. Pilavcı Mahmut'un keskin çakısından gırtlağını kurtardığı günün akşamında örgüte koşmuştu. "Almanya işini çabuk halledin" demişti. Eve kapanmış haber bekliyordu. Sabahları evden hiç çıkmıyordu. Ancak canı çok sıkılırsa akşam karanlığı çökünce dışarı adım atmaya cesaret edebiliyordu. Dışarı çıkınca da mahallede hiç vakit harcamıyor Aksaray'daki gece kulüplerinde, meyhanelerde soluğu alıyordu. Bazı günler gece kulüplerine düşmeden önce amca Halil'e uğruyordu. Amcası onun Laleli'de bir dericide çalıştığını biliyordu. Amca Halil'i son ziyaretinde de dericilikten, müşterilerden, bavul ticaretinden daha çok da bandajlı burnundan, geçirdiği ameliyattan bahsetmişlerdi. Amcasına nefes alamadığı için burnundaki kemiği aldırdığını söylemişti. Laf döndü dolaştı memlekete geldi. Yılmaz, "Yengem onlar nasıl" diye sordu amca Halil'e. Nicedir merak ediyordu. Yengesi ve kuzenlerinin İstanbul'a taşındığını öğrenince içini bir heyecan kapladı. Leyla düşmüştü aklına. Memlekette ne çok koşmuştu peşinden. Örgüte katılmasa Leyla'yla evlenirdi. Yengesi vermezdi belki; kaçırır yine evlenirdi. Görmek istedi Leyla'yı. Hemen adresi aldı Amca Halil'den. Bir bardak kaçak çayı alelacele bitirdi. Ağzı dili yandı. "Ben gidiyorum yarın erken iş var" deyip çıktı amcasının evinden. Hemen Leyla'ya gitmek istedi. Kelepçeyi hatırlattığı için koluna takmak yerine cebinde taşıdığı saatine baktı. Vakit geç olmuştu. Evine gitmeyi düşündü. Yok, vazgeçti. "Leyla gelmiş İstanbul'a, eve gitmek olur mu hiç?" Bir taksi çevirip Aksaray'ın yolunu tuttu. Aksaray'ın bodrum kat meyhanelerinden birinin müdavimiydi. Küçücük sahnede elbisesi dekolteli sesi detoneli orta yaş üstü kadınların şarkı türkü okuduğu karanlık bir mekandı burası. Allı morlu loş ışıklar vardı; günahları, gizli aşkları, sapkın çapkınlıkları ve geri dönüşü olmayan pişmanlıkları açık etmeyecek kadar aydınlatıyordu ortalığı.

Bacak arasına zorlanmadan el sokturacak kadar yırtmaçlı kadınlar, masa masa dolaşıp boşaltılacak cüzdanlarından başka hiçbir değeri olmayan müşterilere viski şarap ısmarlatıyor, hesabı olabildiğince şişiriyorlardı. Yılmaz da kazığın büyüğünü yiyeceğini bile bile bu ağır makyajlı kadınlarla vakit geçirmeyi seven müşterilerdendi. Gide gele hem garsonlar hem de konsomatrisler onu tanır olmuştu. Kapıdan girer girmez ince, çelimsiz garson Yılmaz'a doğru yürüdü. "Hoş geldin abe" dedi, özel müşteri muamelesi yaptı. Öndeki masalardan birine buyur etti. Loş ışıkta parıldayan sentetik beyaz gömleği üstünde olmasa, çelimsizliği yüzünden belki de hiç kimsenin varlığını fark etmeyeceği garson, Yılmaz'ın ne istediğini iyi biliyordu. Hiç sormadan mezeleri masaya dizmeye başladı. Tek bardakla 70'lik rakıyı da getirdi. Yılmaz rakıyı susuz içerdi. Ama bu kez 'olmaz' dedi. Rakı içmek istemedi. Leyla'nın karşısına sarhoş çıkmak istemiyordu. Garson şaşırmıştı. Çünkü Yılmaz'ın nasıl içen biri olduğunu çok iyi biliyordu. Briyantinle kafasına yapıştırdığı saçını düzelten garson, "Tamam abe, ne getirem" diye sordu. Yılmaz kola istedi. Çelimsiz garson, üstünde şalvar gibi duran pantolonunu yukarı çekti. "Göt oğlanı paran yok niye geldin?" diye soramadı. Sırıtırken bu soruyu dudak ucunda gevelemekle yetindi. Arkasını dönüp gitti.

Sabredemiyordu Yılmaz. Sahnedeki kadının gırtlağını yırtarcasına söylediği şarkıları duymuyordu bile. Başka zaman olsa tempo tutar, şarkı türkülere eşlik ederdi. Hatta birkaç kez sarhoş kafayla sahneye çıkıp mikrofonu eline aldığı da olmuştu. Önceden kaç kadeh rakı içtiğini hatırlamazdı, şimdi kaç bardak kola bitirdiğinden haberi yoktu. Meyhaneye gireli iki saat olmuştu; ama iki gündür orada gibiydi. Gecenin ikisi olmuştu. Şöyle bir etrafına göz gezdirdi. Kafa kafaya vermiş fısıldaşan iki adam vardı sağındaki masada. Hem de o gürültüde... Hemen yanındaki masada harçlıklarını ya da maaşlarını biriktirip geldikleri belli 18 yaşlarında dört beş oğlan vardı. Yanlarında anaları yaşındaki karılar oturuyordu. İki öpücük, iki kadeh biradan sonra ceplerindeki bütün parayı seve seve masaya bırakıp dehlenecekleri çok belliydi. Arada bacak okşayıp meme ellemeyi becerenin aylarca anlatacak hikayesi olacaktı. Söğüşlendikleri mekana 'deveye diken' misali yeniden gelebilmek için para biriktirmelerinin aylar süreceği kesindi. Yılmaz, arkasına dönünce düğün yeri gibi kalabalık bir gruba gözü ilişti. Meyve tabakları, çerezlerle dolu masalar birleştirilmiş. Üstünde çoban abası kadar büyük duran ceket giymiş yaşlı bir adam, siyah takım elbiseli kabadayı havalarında orta yaşlı dört de zibidi... Yanlarında da meyhane zamparalarının görüp göreceği en genç kızlar. Hele bir tanesi var ki; yüzü taptaze. O karanlıkta bile yüzü parlıyor. 15 yaşından büyük değil, kesin... Yılmaz'ın gözü takıldı kıza. Acıdı. Çok olmaz böyle durumlar Yılmaz'da. Umurunda olmaz. Ama bu sefer Leyla'nın etkisi midir nedir, kıza gerçekten acıdı. "Yazık ne işi var bunun bu yaşta burada" diye içlenip sol yanına bakmaktan vazgeçti. Önüne döndü. Rakı içer gibi kolasından bir yudum aldı. İkinci yudumu tam ağzına boşaltmıştı ki; arkasından "Ne bakıyon lan dik dik, gavat" diye bir ses yükseldi. Geriye dönmesine fırsat kalmadı. Ensesine öyle bir yumruk yedi ki ağzına boşalttığı kolayı masaya püskürttü. Yere düşen bardağın kırılma sesini sahneden meyhaneye yayılan boğuk müzik sebebiyle hiç kimse duymadı. Elini gevşetmese, bardakla birlikte masaya yapışacaktı. Koca bardağı yutabilirdi. Elini hemen beline attı. Pilavcı Mahmut'un gırtlağına dayadığı bıçak öyle korkutmuştu ki; uzun zamandır soba deliğinde sakladığı silahı belinde taşımaya başlamıştı. Silahını çektiği gibi ayağa kalkıp geri döndü. Siyah takım elbiseli zibidilerden biri karşısında duruyordu. Anladı, küçük kız bu gece onun kurbanıydı. Silahı zibidinin gözüne soktu. "O elini götüne sokarım lan" diye bağırırken bir yandan da kemerinin at nalı kadar büyük tokasından tutup zibidiyi kendine doğru çekti. Garsonlar, yazıhanede oturan meyhane sahipleri, onların arkadaşları, kavga ortamlarının vazgeçilmezi ağır ağabeyler bir anda toplandı olay yerinde. On beşine yeni girmiş kızın meyhane köşelerinde pazarlanıp sabahlara kadar tecavüze uğramasına ses çıkarmayan ağır ağabeyler, iş silahlı kavgaya gelince herkesin sağ salim hayatına devam edebilmesi için müzakereci rolünü çoktan üstlenmişti. Rehine kurtarır gibi hassastı hepsi. Yılmaz'ın elinden bir kaza çıkmasını istemiyorlardı. Şimdi polisi gelecek, savcısı gelecek, gazetecisi üşüşecek... Vuracaksa da dışarıda vursun yani. Yılmaz da bu puştluğa takıldı. "Mekanınıza sokayım lan ibneler! Adam olsanız şu çocuğun üstüne ilk ben çıkacam diye birbirinizle yarışmazdınız lan pezevenkler" diyecekti; akıllılık edip tuttu kendini. Bir olup tepesine çullanmalarına sebep olmaktan başka bir işe yaramazdı bu sözler.

Sol gözü delikli demire bakan zibidinin rengi uçmuştu. Masasında oturan yaşlı adam da Yılmaz'a "Evladım yanlış anlama oldu, kusura bakma" diye yalvarıyordu. Yılmaz, yaşlı adamın sözlerine değil üst damağına asılı duran numunelik tek dişine takıldı. İnci gibi parlayan alt dişleri tastamamdı oysa. Her kafadan bir ses çıkıyor, herkes Yılmaz'ı sakinleştirmeye çalışıyordu. Aslında Yılmaz'ın bu gece sakinleşmek için hiçbirine ihtiyacı yoktu. Leyla'yı hatırlayınca pişman oldu silahını çektiği için. "Ulan dua et…" dedi devamını getirmedi. "Ulan dua et artık Leyla var" demek istedi. Bunu da diyemedi. Leyla'nın adını bu pis yerde anmak istemedi. İndirdi silahını, "Abi öpem" diyen zibididen elini zor kurtardı. Saatine baktı. Gecenin ikisiydi. Ayağa kalkmışken oturmadı. Hesabı istedi. Rakı içtiği gecelere göre kazığın biraz daha küçüğünü içine alıp dışarı çıktı. Tek dişi kalmış yaşlı adam, meyhanenin kapısına kadar uğurladı. Yaşlı yavşaktan kurtulur kurtulmaz eve gidip üstünü başını değiştirmeye karar verdi. Bir de berbere uğrayıp saçlarını taratacaktı. Gece çalışan minibüslere binecek kadar sabrı yoktu. İşin aslı pilavcı Mahmut'la karşılaşma korkusu cesaretini kırıyordu. Bir taksi çevirdi hemen.

- Çek Esenler'e dayı.

Aklında hala on beş yaşındaki kız vardı. İçi rahat değildi. Kafasında vicdanıyla mantığı çetin bir meydan muharebesi sürüyordu. Başına gelecekleri bile bile nasıl bıraktı o çocuğu gavatların ortasında? Vicdanı bu soruyla kılıç savuruyordu mantığına. Savunmaya geçen mantığı da "Gebertirler oğlum seni" kalkanıyla hakimiyeti elden bırakmamak için tehditten, korkudan yana ne gerekiyorsa yapıyordu.

- Dayı gir buradan!

- Ne oldu, bir şey mi unuttun?

Vicdanın kılıcı galip gelmişti. "Ulan kaç can yaktın şimdiye kadar; bari geberip gitmeden bi tanecik can kurtar bari." Ruhuna acımasızlık mayası katan mantığı tuzla buz olmuş; gönlüne ara sıra uğrayan merhametine yenik düşmüştü. Taksici Yılmaz'ı ikiletmeden direksiyonu kırdı. Aksaray çıkışına girdi. Ne kadar kilometre o kadar para sonuçta... Yine de kafasını kurcalayan merakı dikiz aynasına yansıdı. Aynadaki meraklı bakışları fark eden Yılmaz "çocuk" diyebildi sadece... Çok fazla uzaklaşmadıkları için 10 dakikaya varmadan Aksaray'a damladılar. Yılmaz meyhanenin arkasındaki caddede taksiden indi. Tamam, çocuğu kurtaracaktı; ama son vukuattan sonra kapıdaki fedailer onu meyhaneye en azından bu gece sokmazdı. Bunu adı gibi biliyordu. Canını tehlikeye atacak bir salaklık da yapmak istemiyordu. Can kurtarayım derken Leyla'yı görmeden canından olmak istemiyordu. Caddede biraz yürüdü. Tarihi çeşme kalıntısının önüne gelince etrafa biraz bakındı. "Neredesin lan ibne" diye söylene söylene çeşme kalıntısının arkasına doğru birkaç adım attı. Yanılmamıştı. Pezo Ferhat, Rus kadın için bir haftalık kazancını vermeye hazır inşaat işçisiyle pazarlıktaydı. Yılmaz, Pezo Ferhat'la takıldığı akşamlardan iyi tanırdı bu tipleri. Haftalığı cebine indiren Aksaray'da soluğu alırdı. Duvara vurdukları sıvanın yıpratan izi suratlarında olurdu hepsinin. Pazarlık peşindeki işçiyi es geçip Pezo Ferhat'la göz göze geldiler. "İşini bitir konuşmamız lazım." Bakışarak anlaştılar. Caddeye çıktı sonra, bir sigara yaktı. Derin bir nefes çekip dumanı havaya

ÖNDER DELİGÖZ

aklını Leyla'ya saldı. Karşı kaldırımdaki oğlana gözü takıldı. Elinde fotoğraf, önünden geçen adamların koluna girip dil döküyor ha bire. Çalıştığı kulübün sermayeleri var fotoğrafta. "Eğlence ister misin" diye başlayıp memeli kalçalı tariflerle tahrik ettiği adamları kulübe sokabilirse avantayı da cebine indiriyor. Yılmaz, dekolteli konsomatrislerin toplu fotoğrafına gözünü dikmiş bakarken bir taraftan da cebine soktuğu sol eliyle tombala çeken adamı biraz süzdükten sonra ister istemez güldü. Kurcala koçum, iyi kurcala, faturayı üstüne sarıp sana sokacaklar nasıl olsa...

Yılmaz'ın yeniden Leyla'ya sarmasına fırsat bırakmadan Pezo Ferhat çıkageldi çeşme kalıntısının arkasından. "Amele miydi lan o?" Pezo Ferhat ağzını açmadan bu soruyla karşılaştı. "He abi, ne oldu ki?" dedi umarsızca. Rus diye kandırıp Kafkaslarda adı sanı duyulmamış toprakların altın dişli ve de yaşlı kadınlarını züğürt zamparalara pazarlayan biri için hiç de şaşırtıcı değildi müşterisinin inşaat işçisi olması. "Yok bi şey" dedi zaten Yılmaz da... Siktir et onu, işimiz var şimdi!

Kolundan çekiştirdiği Pezo Ferhat'ı bir daha çeşme kalıntısının arkasına soktu.

- Benim mekana gideceksin. Yeni bi kız düşmüş. Ne yapıp edip onu oradan çıkarıp bana getireceksin.

- Abi mekanda söylesen kızı verirlerdi zaten sana. Senden mi esirgeyecekler orospuyu?

- Ha siktir lan it, sikeceğim kızı senden niye dileneyim? Mevzu başka.

- Ne abi, çakmayacaksan napacan kızı nikahına mı alacan?

- Oğlum kafamı bozma, beni dinle. O taptaze kızı o godoşların eline bırakmayacam. Ben bi cıngar çıkardım o yüzden giremem içeri şimdi. Sen bi yolunu bulursun.

- Abi kızı nasıl dışarı çıkarayım, delik deşik ederler beni.

- Bi bok olmaz sana. Nasıl girip nasıl çıkacağını iyi bilirsin. Getir o kızı bana senin Almanya işini yapmazsam yüzüme tükür.

Almanya'yı duyunca Pezo Ferhat'ın gözleri yerinden fırladı. Çocukluğundan beri Almanya'ya gidebilmenin hesaplarını yapıp duruyordu. Kaçak göçek de olsa Almanya'ya gitmek için can atıyordu. Hatta bir keresinde bu hayali için demir yüklü bir TIR'ın dorsesinde bir köşeye sıkışıp yolculuğu göze almıştı. Ama Tekirdağ'a varmadan yanındaki 7 zavallıyla birlikte yakalanmış, insan kaçakçılarına tam 5 bin markını kaptırmıştı. Ama Yılmaz'a güveniyordu. Hem ona minnet borcu vardı. Caddeye hükmetmek isteyen yeni yetme iki pezonun elinden Yılmaz'ın yardımıyla kurtulabilmişti. Rakip pezo o koca kelebeği kalçasına saplasaydı adı topal pezoya çıkacaktı. Yüksek yerlerden 'olan biteni takip edip bize ileteceksiniz' emri almış mahalle muhtarı hassasiyetiyle çevre kulüplere giren çıkanı takip ettiği için Yılmaz'ın hangi kızdan bahsettiğini hemen anlamıştı. Kulübe girmesi kolaydı da kızı nasıl yanına çağıracaktı, nasıl ikna edecekti ve en önemlisi de nasıl dışarı çıkacaktı? Caddeyi dönüp meyhanenin bulunduğu sokağa girene kadar bunu düşündü. Planını yaptı. Ön kapıdan girip de herkesin dikkatini çekmeye gerek yoktu. Binayı dolanıp bahçe duvarından atlayacak, kulübe bulaşıkhane kapısından girecekti. Aşçı, garson kim varsa tanıyordu, polisten kaçarken buraya aynı şekilde girip çıkmışlığı çoktu. İçeri yine nefes nefese girip polisten kaçıyormuş numarası yaptı mı tamamdı. Planladığı gibi de yaptı. İçeri daldığında adlarını hatırlayamadığı iki esmer çocuğu bulaşık yıkarken gördü. Bi selam verip kolay gelsin dedi, bulaşıkhanenin kapısına doğru yürüdü. İçeriye şöyle bir göz attı. Kuytu köşelere gözlerini kabartarak baktı. Yılmaz'ın bahsettiği kızı gördü. Etrafındaki adamların ortasına kedi yavrusu gibi sıkışmış kalmış. Giriş planı tamamdı, kızı da gördü, ya sonrası? Geri döndü, bulaşıkların tepeleme dizildiği masanın kenarındaki sandalyeye ilişti. Bulaşıkçı çocukları izledi bir süre. Biri kirli tabakları elindeki süngerle ovduktan sonra köpüklü suyun içine sokup çıkarıyor, diğeri duruluyordu. Üst üste dizilen porselen tabaklardan çıkan şak şak sesleri eşliğinde ritmik bir düzen vardı. O sırada elinde yakmaya hazır sigarasıyla tıfıl garson bulaşıkhaneye girdi. Pezo Ferhat tıfıl garsonun da adını hatırlamıyordu; ama para için her türlü çakallığı yapan kaypak biri olduğunu çok iyi biliyordu. Tıfıl garson sigarasını yakıp Pezo Ferhat'a "Hoş geldin abe, burada n'apıyon, içeri gelsene" dedi, kaypak kaypak... Pezo Ferhat birden yerinden fırladı. "Bi sigara versene" diye seslendi tıfıl garsona. Sigarayı aldı, "Gel şu açık havada tüttürelim" dedi. Tıfıl garsonu bulaşıkçılardan uzaklaştırmaktı niyeti. Bahçeye çıktıklarında tıfıl garsonun cebine 20 milyon sıkıştırdı. "İçerdeki yeni kızı buraya bi çağır aslanım." Cebindeki paraya göz ucuyla bakan tıfıl garson, "Abe yakarlar beni" demeye kalmadan Pezo Ferhat bi 20 milyon daha sokuşturdu cebine. "Uzatma, iki dakika konuşacaz o kadar." Pezo Ferhat'ın bu cömertliğinin sebebini az çok anladı. Normalde gırtlağına bıçak sallasan kuruşunu alamayacağın Pezo Ferhat'ın gece olay çıkaran Yılmaz'la iyi arkadaş olduğunu biliyordu. Pezo meyhaneye arka kapıdan damladıysa kesin bir iş çeviriyorlardı. Tıfıl garson yine de cebine giren parayı riske atmamak için daha fazla zorlamadı Pezo Ferhat'ı. "Tamam" deyip içeri girdi. "5 dakika içeriden çağırıyorlar" deyip kızı masadan kaldırdı. Yanındaki zamparaları da "Abe hemen geliyor, halledilmesi gereken önemli bi mesele var" deyip ikna etti. Patronun odasına doğru ölüme gidermiş gibi ağır adımlarla yürüyen kızın kulağına "Beni takip et" diye fısıldadı. Biraz sonra bulaşıkhanenin bahçesindeydiler. Pezo Ferhat, "Az müsaade et" diyerek tıfıl garsonu içeri gönderdi.

- Şu duvara çıkabilir misin?

- Duvara mı? Niye?

- Sorma niyesini, çıkabilir misin?

- Çıkamam.

- Ben yardım ederim.

- Niye?

- Ne niyesi? Kurtulmak istemiyor musun buradan?

- Ölümden kim kurtulmak istemez?

Zavallı kız kendisini kimin kurtarmak istediğini bilmeden 'he' dedi Pezo Ferhat'ın teklifine. Belki de daha büyük bir belanın ortasına düşecekti. Ama kurtulmanın kelimesi bile güzeldi. Rahat yürüyebilmek için ayağındaki yüksek topuklu ayakkabıları çıkarıp bahçeye fırlattı. Pezo Ferhat kızı kucakladığı gibi duvarın üstüne doğru kaldırdı. Arkasından da kendisi bahçe duvarını aştı. Yan apartmanın bahçesini dolaşıp kulübün önünden geçmeyecek şekilde sokağa çıktılar. Sokağı alt taraftan dolanıp arka caddeye çıktılar. Yılmaz'ı çeşmenin arkasında buldular.

- Adın ne?

- Ceyda.

- Bırak onu, ananın dilindeki adın ne?

- Leyla.

Leyla... İçi cız etti Yılmaz'ın. "İyi ki gelmişim." Beladan yana bütün tereddütleri sigarasının dumanıyla birlikte havaya karıştı.

- Kaç yaşındasın Leyla?

- 15 abi.

- 15 mi?

- Evet abi.

- Nasıl düştün kızım sen buralara? Anan baban nerede?

- Yetimhaneden kaçtım abi.

- Niye kaçtın kızım, derdin neydi?

- Yetimhanenin elektriklerini tamir eden bi çocuk vardı abi. Dükkanım var, sana bakarım dedi. Evlenecektik, kurtaracaktı beni yetimhaneden. Bi evim olacaktı. Sevdim onu abi... Kaçtığım gece beni bu adamlara sattı.

Daha fazla dayanamadı Leyla, ağlamaya başladı. "Sana kötü bir şey yaptılar mı?" diye sormadı Yılmaz. Kadına boyanmış çocuğun yaralarını daha fazla deşip küçücük bedenini kan kırmızısı kuyulara atmak istemedi. Memleketini sordu sadece, yetimhanenin nerede olduğunu bilmek istedi. Başka bir şehirde değilmiş, birkaç semt ötedeymiş meğer. Şimdi yetimhanedeki yatağında olması gereken çocuk, dişi dökülmüş puştların yatağında mı yatacak yani? Yılmaz kabullenemedi bunu.

- Haydi gidiyoruz.

- Nereye abi?

- Geldiğin yere.

- Abi bu halde nasıl giderim oraya?

Yılmaz, bir daha baktı Ceyda'ya. Hayır Leyla'ya. Evet, konsomatris kıyafetiyle, bu ağır makyajla yetimhaneye nasıl gidecekti? Pezo Ferhat'a baktı. Yine bakışarak anlaştılar. "Ben şimdi geliyorum" deyip ayrıldıktan 15 dakika sonra geri döndü Pezo Ferhat. Rus diye amelelere kakaladığı kadınların elbiselerinden getirmişti. Elinde bir çift de terlik vardı. "Biz şimdi ön tarafa çıkıyoruz, burada kimse seni görmez, değiştir elbiselerini."

Leyla da çok geçmeden dizlerine kadar uzanan bir bluz, beline emanet tutuşturulmuş bir etekle çeşme kalıntısının önüne çıktı. O arada Yılmaz'ın tekel bayiinden aldığı litrelik su ile de yüzünü yıkadı, çıkardığı elbisenin ucuyla kurulandı. Ağır makyaj tamamen silinmedi ama yüzündeki fahişe tabelası çivilerinden sökülüp yere düştü. Çocukluğunu da alıp Yılmaz'la birlikte taksiye bindiler. Yılmaz yetimhaneyi tarif edip taksiciye 'çek' dedi. Taksi hareket ederken pezo Ferhat'a da "Kaybol ortalıktan, ben seni bulacağım Hans" deyiverdi sırıtarak. Derin bir nefes alıp arkasına yaslandı. Teypte Ferdi Tayfur'un eşsiz nağmeleri, yüreğinde huzur... Dikiz aynasından arkada oturan Leyla'ya baktı uzun uzun. Acıdı çocuğun haline. Adaletine sokayım dünya, adaletine. Ceddini cibilliyetini...

Yetimhane önünde taksiden inmedi, Leyla'ya sanki öz kardeşini bırakıp gidecekmiş gibi hüzünlü bir tonda "Hadi git" diye seslendi. Taksinin ön camından kafasını çıkardı, sağ eliyle uzattığı parayı Leyla'nın sol eline tutuşturdu. "Okul mu okursun, doğru düzgün iş mi bulursun bilmem ama bundan sonra sadece kendine güven" tembihini Leyla'nın kulağına küpe yapıp gövdesini taksiye soktu. Sabahın altısında

Leyla'nın yetimhane kapısından girdiğini gördükten sonra taksiciye seslendi. "Haydi şimdi benim eve…"

Evine vardığında gün iyice ağarmıştı. Sarhoş gibi ortalarda dolaşmamak için uyumak istemedi. Duş aldı. Saçlarını kuruttuktan sonra yatağa oturup ne giyeceğini düşündü. Bu sırada gömleklerinin hepsinin tek renk olduğunu fark etti. Hiç çizgili ya da kareli gömleği yoktu. Dolaptaki gömleklerin hepsini giydi giydi çıkardı. En son siyah gömlekte karar kıldı. Siyah takım, siyah gömlek… Yeni boyanmış domuz burun kösele ayakkabılar…

Minibüste, otobüste elbisesi kirlenir, birileri ayağına basar korkusuyla yine taksiye bindi. Leyla'nın karşısına sahneye çıkar gibi çıkmak istemişti. Yarım saate kalmadan kireç kokulu evin sahnesindeydi. Köşeye dizilmiş minderlerin en şişkininde oturuyordu. Gözlerindeki morluktan uykusunu alamadığı anlaşılan Abdurrahman da yanına ilişmişti. Munise hanımla Leyla hala şaşkındı. Dükkandan eve çevirdikleri beton boşluğun ortasına bir halı sermişlerdi. Şimdi o halının tam ortasına oturmuş Yılmaz'ın ağzına bakıyorlardı. Yılmaz'ın vurdulu kırdılı gecenin sabahında iki saat düşünüp giydiği kıyafetiyle hiç mi hiç ilgilenmiyorlardı. Oysa Yılmaz kıyafetinin ilgi çektiğinden emindi. Siyah takım elbisesinin içine giydiği yakası sarı işlemeli siyah gömleğini beğenmeyecek bir Allah'ın kulu şu alemde yok diye düşünürdü. Aklının bir yanı gece yaşadığı gerilimdeydi. Sağ salim Leylasının karşısına çıktığı için şükrediyordu. Ama saatler ilerledikçe "ne bok yedim lan ben" korkusu da içine çöküyordu.

ÖNDER DELİGÖZ

Yılmaz gece kulübünden kız kaçırmanın başına açacağı dertleri hesap ederken Munise hanım dayanamadı. "Oğlum bizi ne hale koydun" deyip ağlamaya başladı.

- Yenge ağlama gurban olim.

- Evi barkı bırakıp bu mağaraya geldim. Taş olsa ağlar oğul.

Türkçe cümlelerine Kürtçe karşılık alan Yılmaz'ın bir gözü de Leyla'daydı. Onun gözyaşları da yanaklarından süzülüyordu. Sustular bir süre. Bu sessizlik Yılmaz'ın geceden sabaha taşan korkularını iyice artırdı. Kireç kokulu tek göz eve çöken sessizliği yandaki marangozdan gelen hızar gürültüsü bozuverdi bir anda. Birileri de bağrışmaya başlamıştı...

- Lan oğlum elinin ayarına sokayım, doğru düzgün yap şu verniği!

Hepsi şaşkındı. Yılmaz hariç... Sabahın köründe hızar sesi yetmiyormuş gibi öküzün biri bağıra çağıra küfrediyordu. Rafik ustaydı hızarın başındaki. İki sokak ötedeki inşaatın kapı pencere işini almıştı. Pencerelerin tahtalarını kesmeye başlamıştı sabah erkenden. Kalfasına da suntası zımbalanmış kapıları vernikleme görevini vermişti. Kapıları sokağa çıkaran kalfa kale direğine benzer demir ayakları da dışarı taşımıştı. Kapıları tek tek demirlerin üzerine yatırıyor elindeki tabancayla vernikliyordu. Kalfanın çıraklığı yüzünden el tabancasından tazyikle çıkan vernik kapıların bir kısmına yoğun bir kısmına da toz bulutu şeklinde düşüyordu. Rafik usta, kalfası Ekrem'in bu beceriksizliğini bildiği için içeriden "Lan oğlum elinin ayarına sokayım, doğru düzgün yap şu verniği!" diye zırt pırt bağırıp küfrediyordu. Kalfasının kapıya fışkırttığı verniğin yoğunluğunu el tabancasından çıkan fıss sesinin şiddetinden anlayabilecek kadar ustaydı. Kalfa Ekrem'in elinin ayarı ustasından duyduğu her küfürde biraz daha bozuluyordu. O anlarda imdadına vernik tabancası için hava pompalayan kırmızı kompresör yetişiyordu. Kompresörün içindeki hava tükenince üstündeki pervane büyük bir gürültüyle devreye giriyordu. Ancak kompresörün gürültüsü Rafik ustanın bağıra çağıra ettiği küfürleri bastırabiliyordu. Kalfa Ekrem'in de küfürleri vardı elbette. Ama o cumartesi akşamları cebine koymak zorunda olduğu 15 milyon haftalık için açıktan küfredemiyordu ustasına. İçinde dönüp dolaşıyordu analı avratlı küfürler.

- Rafik ne lan? Rafik... Adına sıçtığım.

Nüfus memurunun mallığı yüzünden adı kafa kağıdına Refik yerine Rafik yazılmış ustasına küfredip sessiz sedasız içini döküyordu kalfa Ekrem. İçini beton zemine serdikleri halının ince kıvrımlı nakışlarına döken Munise hanım ve Leyla ise kalfa Ekrem'le küfürbaz ustasının çıkardığı sesle irkilmiş, derin düşüncelerden sıyrılmışlardı. Gözyaşlarına biraz olsun ara verip yeni sokaklarını merak etmeye başladılar. Nasıl bir dünya vardı kireç boyalı camların ardında? Bu merakı büyüten sadece Rafik ustanın hızarı ve kalfa Ekrem'in vernik tabancası değildi. Karşı evin altındaki konfeksiyon atölyesinden gıjjjt gıjjjt sesleri gelmeye başlamıştı. Çeyiz parasını denkleştirmek için konfeksiyonda çalışan mahallenin kızları, yanarlı dönerli tüylü püsküllü ipliklerden kazak, hırka falan dokuyorlardı ayaklı örgü makinelerinde. İplikler takılıp makinelerde kol kuvvetiyle sağlı sollu ilk turlar atılırken çift kasetli teybin play tuşuna da basılmıştı. Her basta kırmızı yeşil ışıkları yükselip inen havalı teypten taşan Hakkı Bulut'un sesi, sokağın kuytu köşesine sabah güneşiyle birlikte düşmüştü.

*Güneşten, gölgeden esen yellerden*

*Bastığın toprağın her zerresinden*

*Boynuna taktığın beyaz inciden*

*Elinde tuttuğun gonca güllerden*

*Sana selam verip geçen birinden*

*Ne bileyim işte kıskanıyorum*

*Seni kendimden bile kıskanıyorum*

*Henüz üç yaşında bir kardeşim var*

*Seni ondan bile kıskanıyorum*

Teypteki kaset doldurmaydı. Her parçada atölye kızlarını başka başka duygulara salan sesler, ağır sözler vardı. Hakkı Bulut'un kıskanç şarkısı bitmiş Mahsun Kırmızıgül "Âlem buysa kral benem" diye bıyık altından gururlanmaya başlamıştı. Kızların uykuları da iyiden iyiye açılmış, sakızlar ağza atılmış, mahallede dönen dedikodular dillere düşmüştü. Haftalıklarından artırdıklarıyla ev kızlarına göre birkaç etek bluz fazlasına sahipti bu kızlar. Sabahın yedi buçuğundan akşamın sekizine kadar atölyedeydiler. Gezmelerde tozmalarda herkesin görmesini istedikleri o elbiselerini de 20 metrekarelik atölyede birbirlerinin beğenisine sunabiliyorlardı bu yüzden. Önlerindeki makineler gibi akşama kadar ayaktaydılar. Makinenin üstündeki parçayı bir sağa bir sola götürdükçe dokudukları kazak ya da hırka gıjjjt gıjjjt sesleri arasında alttan uzayıp çıkıyordu. Atölyenin ayakçısı çocuk, dokunan parçaları topluyor, kolları bir yere arka ve ön parçaları başka bir yere istifliyordu. Atölyenin sahibi dişlek Nergis, bu parçaları mahallenin kadınlarına çuval çuval vermeye başlamıştı. Her çuvalla birlikte kazak ve hırka parçalarına işlesinler diye parlak pullarla boncuklar da veriyordu. Boncuk ve pullarla süslenmiş kazağa iki bin, hırkaya da iki bin beş yüz lira ödüyordu. Mahallenin kadınları da haftalık pazar paralarını işte böyle puldan boncuktan çıkarıyordu.

Kapı önünde işçi kızlardan biriyle dedikodu yapan dişlek Nergis'in böğrünü yırtarcasına attığı kahkahalar kapı pencere camlarını titretirken Leyla da çay koymak için ayağa kalktı. Tuvaletin girişindeki küçük lavabodan demliğe su doldurdu. Mavi çinko demliği küçük tüpün üstüne koydu. Tüpü Abdurrahman'dan istediği çakmakla yaktı. Kahvaltılık bir şeyler hazırlayacaktı. Bakır tencerelerden peynir, zeytin, domates çıkardı. Buzdolabı boştu. Kamyoncu Bahattin, eşyaları yerleştirirken "Buzdolabını en az bir gün çalıştırmayın, bozulur" demişti çünkü. Ne varsa yiyeceklerdi. Petek bal da vardı. Silvan'da eşyaları kamyona yükledikleri sırada Kara Şeref'in karısı Halime vermişti. Kapısını bayram, cenaze olmadıkça çalmadıkları Halime'nin bu hediyesine Munise hanım da Leyla da çok şaşırmıştı. Meğer Kara Şeref'in karısı Halime, kapısı çalınmasa da mutfağındaki en değerli yiyeceğini paylaşacak kadar çok seviyormuş komşularını. Leyla, baldan bir parçayı tabağa koyarken Halime'yi düşündü. Misafirliğe geldiğinde bir bahane bulup yanından kaçtığı Halime keşke şimdi yanlarında olsaydı, sofraya beraber otursalardı, bala beraber ekmek bansalardı. Biraz olsun yabancılıklarını unuturlardı. Tam da bunları düşünürken konfeksiyondan gelen sese kulağı takıldı.

*"Çiçeklerin en nazlısı manolya*

*Sevgilerin en gizlisi manolya*

*Ben seni el sürmeden gözümle de severim*

*Sen üzülme sakın solma mahzun olma manolya"*

Ali İbicek'in ince sesi keskin bıçak gibi saplandı genç kızın yüreğine. Hüzünlü şarkının her manolyasında Leyla'nın hasreti dağlar kadar kabardı, gözlerine düşen yine deniz derya olmaktı...

- Sabahın nurunda ne işin var burada Yılmaz?

- Yengemin elini öpmeye geldim amca.

- Sus lan teres bu saatte mi?

Yılmaz'ı yeğenlerinin yanında gören amca Halil, rahatsız olmuştu. Yılmaz'ın sağlam pabuç olmadığını adı gibi biliyordu. Yeğenlerinin İstanbul'a taşındığını ayaküstü 10 fırıldak çeviren Yılmaz'a söylediği için pişman olmuştu. Kim bilir derdi neydi de karga bokunu yemeden damlamıştı buraya. Munise hanım ve çocukları, amca yeğen arasındaki gerilimi fark etmedi bile. Bir geceye karşılık bin sene ayrı düşmüşçesine Hatice'ye sarılıp hasret gidermekle meşguldüler.

Yılmaz baktı olacak gibi değil, "işim var" deyip istemeye istemeye kalktı. Yengesinin tüm ısrarlarına rağmen kahvaltıyı beklemeden Leyla'ya son bir bakış atıp çıktı gitti. Nefes nefese yürüyordu. Çok kızmıştı. Hatta bir ara un çuvalının yanındaki keseri alıp amcasının kafasına indirmek istedi. Leyla'nın önünde küçük düşmek çok ağrına gitmişti. Ağzından tükürükler saça saça "Bu pezevenk Leyla'yı yar etmeyecek bana" diyor, okkalı küfürler ediyordu.

Leyla kahvaltıyı hazırlarken Munise hanım da süpürge ve maşrapasını aldı. Kovaya su doldurdu. Alışkanlığıydı. Her sabah evinin önünü süpürürdü. İçine hiç sinmese de bu dükkan da artık onun eviydi. Kapısını temiz tutmak gerekirdi. Ağır adımlarla dükkandan bozma evinin kapısına vardı. Eşyaların kamyondan indirildiği anlarda sokağa hiç göz gezdirmemişti. Nasıl bir yere taşındıklarını merak ediyordu. Kapıyı yavaş yavaş araladı. İlk karşılaştığı manzara kırmızı siyah çizgili siyah bornozuyla kapı önünde sigara içip yanındaki fingirdek kızla kahkaha atan bir kadın oldu. Dişlek Nergis'ti karşısındaki. Atölyesinin üst katında oturuyordu dişlek nergis. Sabahları atölyeye bornozuyla inerdi. Mahallenin kadınlarına işlerini dağıttıktan sonra kapı önünde sigara tüttürmeyi pek severdi. Bu haliyle erkek desen erkek değildi, kadın desen hiç değildi.

- Komşu hoş geldin

- Sana diyom kız hoş geldin

- Duymuyon mu kız, sağır mı ne ayol

Munise hanım taş kesilmişti. Dişlek Nergis'i duyuyordu. Ne dediğini az çok anlıyordu ama cevap veremiyordu. Ne diyecekti şimdi? Türkçe konuşamıyordu ki… Selam aleyküm diyebildi sonunda. Sigarasından külhanbeyi edasıyla bir fırt çekip ciğerlerine çektiği dumanı burnundan çıkarırken yarım ağız "aleyküm selam" dedi dişlek Nergis. "Nereden geldiniz bu boklu mahalleye komşu" diye sordu ardından. Yine başa sardılar. Munise hanım taşa döndü, dişlek Nergis deliye… Munise hanım baktı olacak gibi değil geri döndü. Yüzü donuktu. Kalp atışları hızlanmıştı, ama damarlarında bir damla kan akmıyordu sanki. Duyguları birbirine karışmıştı. Kararsızdı. Ağlamakla elindeki kovayı kireçle boyanmış geniş cama fırlatmak arasında gidip geliyordu. Hatice'siyle göz göze geldi. İçinden "hasbunallah ve nimel vekil" deyip derin bir nefes çekti. Küçük kızının önünde perişan görünmek istemedi. "Hadi kızım kapıyı sen süpür" dedi. Kürtçe dedi… Hatice kovayı aldı annesinin elinden. Biraz ağırdı ama severdi ev işi yapmayı. Dışarı çıktı. Paslı demir telleriyle tutuşturulmuş sarı saplı süpürge ve pembe maşrapa kapının kenarındaydı. Yeni evlerinin önünü önce suladı. Asfaltın üstüne suyla yarım daireler çizdi. Aldı süpürgeyi eline, belini büküp sokağı süpürmeye başladı. Dişlek Nergis ortalarda yoktu. Üst kattan gelen kaba kahkahalara bakılırsa evine çıkmıştı. Birkaç metre ötesinde marangoz kalfası Ekrem kapı verniklemeye devam ediyordu, karşısında konfeksiyon kızları ciklet patlatıp gıjjt gıjjt sesleri arasında dedikodu yapıyordu. Hatice, sokağı süpürürken çevresinde olan biteni de merakla takip ediyordu. "Neden hiç kimse kapısının önünü süpürmüyor" diye merak ediyordu. Eski mahallelerinde herkes sabah erkenden kapılarının önünü süpürürdü oysa. Günün ilk sohbetleri de süpürge eldeyken yapılırdı. O arada vernik tabancasının sesini bastıracak kadar gürültülü bir tahta parçası geçti önünden. Üstünde sarı saçlı bir oğlan, altında üç demir bilye vardı. Arkalarındaki itici güç ise terlikleri yanlardan patlamış, göbeği tişörtünün altından pörtlemiş şişkonun biriydi. Saçının rengi adını unutturduğu için sokakta herkesin sarı diye bildiği oğlan, "daha hızlı itekle oğlum daha hızlı itekle" diye bağırdıkça şişkodan çıkan nefesin sesi demir bilyelerle yarışıyordu. Sarı saçlı cin suratlı oğlanın ayakları sokağı inletecek kadar gürültülü tahtanın önüne iliştirilmiş çıtanın üstündeydi. Çıtayı sağa sola hareket ettirerek üstünde oturduğu tahtaya yön veriyordu. Marangoz çırağı Ekrem'in mahalle çocuklarına artık tahta parçalarından yaptığı bu varoş kaykayı, normalde yokuş aşağı sokaklarda iki kişilikti. Düz sokaklarda arkadan ittirmeli tek kişilik araç oluveriyordu. Şişkoyla sarı oğlan hızla geçti Hatice'nin önünden. Hızlanmalarının sebebi zevkin doruklarına çıkmak değildi. Bütün dertleri sokağın başında oturan Gavur Makbule'den götlerini kurtarmaktı. Gürültüyü duyup balkona çıkarsa ne kadar piç olduklarını gavur Makbule'nin ağzından bütün sokak duyacaktı. Gavur Makbule o kadar tahammülsüzdü ki sokakta oynayan tüm çocukların kulağında onun küfürleri, kafalarında balkondan fırlattığı terliklerin acısı vardı. Gavur Makbule, çocuklara gün yüzü göstermeyen suratsız yaşlı cadının tekiydi. Çoluk çocuğa 'gavurun piçi' diye küfrettiğinden adı da gavur Makbule'ye çıkmıştı. Neyse ki şişkoyla sarı oğlan Gavur Makbule'ye yakalanmadan sıvışmıştı. Onlar götlerini kurtarmıştı; ama gürültüye duyduğunda tuvalette olduğu için balkona son sürat yetişemeyen gavur Makbule, açık havaya çıkar çıkmaz iki kurban bulmuştu kendine. Karşı binanın terası Gavur Makbule'nin balkonuyla eşit mesafedeydi. Saklambaç oynarken terastan terasa atlayan çocuklardan ikisi sabahın köründe bir köşeye sinmişti. Yalnız terasa tünemelerinin sebebi bu kez saklambaç falan değildi. Kepçe kulaklı olan dişlek Nergis'in, bir deri bir kemik olan da sokağın başındaki tek katlı evde oturan gece bekçisi Ekrem'in oğluydu. Mahallede adları pek anılmazdı, biri Kepçe diğeri Kemik'ti. Mahallenin bıçkın delikanlısı berber Tayfun'un dolabından arakladıkları porno dergiyi karıştırıyorlardı. Berber Tayfun'dan dinledikleri yatak hikayelerinin kaynağını ele geçirmenin hazzı vardı ikisinde de. Sayfaları çevirdikçe gözleri pörtlüyor, hayal dünyaları pozisyondan pozisyona savruluyordu. "Bu ne lan" dedirtecek kadar akla hayale gelmedik pozisyonların yanından akıp giden palavra seks hikayelerine öyle dalıp gitmişti ki; şişkoyla sarı saçlı oğlanın kulak zarı patlatan gürültüsünü umursamamışlardı bile. Normal zamanda olsa bi tur da ben bineyim diye sokağa koşardı ikisi de. Cinsellik adına tattıkları bu ilk tecrübeyi yarıda kesmeye hiç mi hiç niyetleri yoktu.

- Gavurun piçleri, siktir olun gidin. Karga gibi tünemişsiniz, ne bok yiyorsunuz orada?

Mahalle yansa bir sayfa daha çevirmek için alevlere sırt dönecek kadar kendinden geçmiş çocuklar kıçlarına iğne batmış gibi yerlerinden fırladılar. Dergi de ellerinden fırladı, havada pozisyon alıp yavaşça ayaklarının dibine süzüldü. Kepçe, şaşkınlığını üzerinden çabuk attı. Dergiyi el çabukluğuyla kavrayıp beli lastikli şortuna sıkıştırdı. Tişörtünü de üstüne çekti. Kaçmaya başladılar. 50 santim boyundaki tuğla duvardan aşıp yandaki terasa geçtiler. Kilidi olmayan çatı kapısından içeri daldılar. Merdivenleri ikişer ikişer adımlayıp sokağa çıktılar. Gavur Makbule hala balkonda "gavurun piçleri" diye bağırıyordu. Kepçeyle kemik, Gavur Makbule'nin sokağı inleten bağırtısıyla hiçbir ilişkileri yokmuş gibi sakin adımlarla yürüdüler. Sokakta ilk kez gördükleri Hatice'yi uzaktan süzerken de yüzlerindeki tedirginliği saklamaya çalıştılar. Aslında şanslıydılar. Çünkü Gavur Makbule, ne yaptıklarını anlamamıştı. Onun çocuk azarlamak için herhangi bir şeyi anlamasına gerek yoktu. Kepçeyle kemik evlerine girer girmez banyoya süzüldüğünde Gavur Makbule hala balkon konuşmasına devam ediyordu.

Gavur Makbule'nin bitmek tükenmek bilmeyen homurdanmaları koca sokakta sadece Hatice'yi korkutmuştu. Sokak sakinlerinin sessizliği çirkefe bulaşmak istememelerindendi. Hatice gözlerini çevirip Gavur

Makbule'nin bulunduğu yöne bakamıyordu bile. Korkudan hareketlerini otomatiğe bağlamıştı. Elinin biri süpürgeyle bir ileri bir geri gidip geliyordu. Diğer eli ağrıyan belindeydi. Güneş de tepesinde... Bir zaman sonra güneşi karardı. Tepesine bir gölge indi. İrkildi Hatice. Bas bas bağıran kadın tepesine dikildiyse ne yapacaktı? Ürkek kedi yavrusu gibi yavaş yavaş doğruldu. Doğruldukça güneşini örten bedeni, ince ince süzdü. Top oynamaktan yıpranmış bağcıkları açık beyaz bir spor ayakkabı, dizleri sararmış buz mavisi kot pantolon, karikatür baskılı siyah tişört... Masmavi iki göz... Köprüden geçerken gördüğü deniz kadar derin, masmavi iki göz... Yüzü, bedeninin kapattığı güneşten daha güneş...

- Sıtkı'yım ben... Sıdkullah. Affetsin Allah...

**03:27**

- Su dökelim mi lan şunun yüzüne?

- Yoklan, kovayı boşaltsan ne yazar. Okkalı iki tokat ayıltır onu.

- Tokat atmayın lan, tokat atmayın...

Yığılıp kaldığım mağazanın önünde belediye kamyonunu bekleyen çöp poşeti gibiydim artık. Vücudumun hiçbir yerini kıpırdatamıyor olsam da sarhoş beynimin derinliklerinden geçmişimi tutup çıkaracak kadar hafızam yerindeydi. Haticemle tanıştığım güneşli sabahı hayal edip geride kalan o günlerin tadını çıkarırken şimdi kulağıma şamar gibi inen bir kelimeyle bilinçaltımın bambaşka derinliklerine savruldum. Tokat kelimesinin her bir harfi, kulak zarımın dibine monte edilmiş miting hoparlörü etkisi yaptı beynimde. Kulağımda çınlayan ses, kafama okkalı

SENDEN SONRA AŞK

bir yumruk gibi inince o ana kadar kıpırdatamadığım göz kapaklarım dibine kadar açılmıştı. Bütün enerjimi gözlerime aktardığım için olsa gerek zar zor "Tokat atmayın lan" diyebildim. Can sıkıntısından İstiklal'de tur atıp laf atacak kız arayan iki serseri vardı şimdi de tepemde. Kirpi kafalı serserilerin tam olarak neye benzediklerini çözmeye çalışırken "Adam olsanız 112'yi ararsınız ibneler, ne tokatlaması lan it oğlu itler" demek istediysem de o kadar uzun cümleyi kurmaya gücüm yetmedi. Serserilerin de yardım etmek gibi bir derdi yoktu zaten. Belli ki eğlence arıyorlardı. Eğlence anlayışları da sokak köpeklerini kuytu köşelerde sıkıştırıp ıslatan çocuklardan farksızdı. Zavallı köpek, suyun şokunu yaşarken kahkaha atıp tekme savuran, korkudan inleyen hayvanın üstüne atlayıp at muamelesi yapan canavar ruhlu çocukların bedenen beş on yaş büyümüş hali bu iki serseriydi işte... Bana da ıslanmış köpek muamelesi yapıyorlardı. Ta ki etrafa mis kokular yayan alımlı bir kız arkalarından geçene kadar. O güzellikte kızı ancak gazetelerin magazin sayfalarında görebilen iki serserinin aklı mis kokuya karışıp havaya uçuverdi. Nasıl uçmasın? Yüksek topukların etkisiyle bir havada savrulan düz simsiyah saçları, pileli diz üstü eteğini her adımda dalgalandıran kusursuz bacakları görünce hap atmaktan beter oldular... Kızın yanında kimse de yoktu. Bu fırsatı kaçırmaları mümkün değildi. Yanında erkek olan kızları bu caddede ancak yılbaşı gecesi elleyebiliyordu bu puştlar. Beni unutup alımlı kızın peşine düştüler...Ağı diz kapaklarına kadar inen işporta malı kot pantolonlarının sağladığı rahatlık vardı hızlı adımlarında. Hayatlarının hiçbir döneminde böylesi bir kıza laf atma mesafesinden daha fazla yaklaşamayacaklarının bilincindeydi sanki ikisi de; ve en azından lafla, mümkünse kuytu köşede elle taciz edip tatmin olmanın derdindeydi ikisi de.

Ben hala korku içindeydim. Gerçi ben "Tokat atmayın lan" diye mırıldandığım sırada kirpi kafalı iki serseri, siyah lekelerle rengi kararmış burunlarını mis kokulu kızın bembeyaz ensesine çoktan dayamıştı. Galiba caddeden koyu karanlığa açılan sokak köşesine geldiklerinde mis kokulu kızın kalçalarını ya da memelerini mıncıklamaya cesaret ettiler. Mis kokulu kızın "Polis yok mu" diye bağırıp caddeyi aydınlatan ışıkları bile titretmesinden anladım. Kirpi kafalı serserilerin arsız cesareti it korkusu olup ödlerini patlatmış olacak ki tabana kuvvet kaçtılar. Onlar gittiler ama ben hala tokat yemekten korkuyordum. Beynimin zorla komut verebildiği ellerimle yüzümü kapattım. Ulan bilincim yerinde değilken bile tokat yemekten korkuyorum. Oysa çocukluğumdan biliyorum, mahallemizin bitirim ağabeyleri kavgaya gitmeden önce bulurlarsa hap atar; bulamazlarsa ot; onu da bulamazlarsa bir kasa birayı mideye indirirlerdi. Daha olmadı üst mahalledeki oto boyacısından yürüttükleri tinerin kokusuyla ciğerlerini doldurur yola öyle çıkarlardı. En büyük silahları kafalarının güzel olmasıydı. Kafası güzele yumruk atanın canı acır derdi bitirim ağabeylerden biri. Ben niye farklıyım anasını satayım? Kafam güzelken bile yüzüme tokat yeme ihtimali delirtiyor beni. Bacaklarımı kırsınlar, kollarımı jiletlesinler belki dayanırım; ama yüzüme tokat atılmasına asla... Öyle bir korku ki bu, ameliyat masasına yatırıp genel anestezi yapsalar uyanmam için ekstra bir şey yapılmasına gerek yok. Bir tokatla ayağa fırlarım vallahi. Ama kafam kıyakken bile hatırlıyorum bu tokat korkusunun sebebini. Sakallı itoğlunun hatırasıydı bu. İT oğlu İT...

Unutmam mümkün değildi o günü. 1995'in baharında bir pazar günüydü. Nisan ayının son günü... Arka sokağın çocuklarıyla maç yapmış, evimize dönüyorduk. Sağımda Kepçe, solumda Kemik, onun yanında da Sarı... Arka sokağın çocuklarını uzun zaman sonra yenebilmenin verdiği gururla önümüzdeki topu dürte dürte bizim sokağa doğru ilerliyorduk. Şişko da arkamızdan geliyordu. Allah'ı var, bu maçta kaleciliğin hakkını vermişti Şişko. Sadece 4 gol yemişti. Biri bacak arasıydı ama olsun... Arka sokağın ağzı bozuk çocukları, öbür maçlardaki gibi namus gitti muhabbeti yapamamıştı bu sefer. "5'te devre onda biter" anlaşmasını yaparken 20 dakika dolmadan 10 gol birden yiyeceklerini tahmin etmemişlerdi. Yenilginin suçunu birbirlerine atıp kavgaya tutuştukları için Şişko'nun yediği namus golü arada kaynayıp gitmişti. Kepçenin "ulan yendik ama yine verdin namusu" takılmalarını da saymazsak Şişko için gurur dolu bir gündü. Kaç tane gollük pozisyonu göğüslemiş, şişko bedeninden beklenmeyecek çeviklikle kornere giden birkaç topu bile yakalamıştı. Adını varile çıkaran eski maçların acısını çıkarırcasına arkadan bize laf atıp duruyordu. Yüzümüz gülüyordu. İçi kötü adamlarla dolu depoyu patlattıktan sonra alev toplarının önünde yürüyen *Arnold Schwarzenegger* pozuyla girdik sokağımıza. Conan kadar güçlü, terminatör kadar yenilmez bir havayla geçtik köşedeki ayakkabı tamircisinin önünden. Tamirci Recep dede, bacağının arasına sıkıştırdığı ayakkabının ahşap topuğuna çekiçle vurdukça etrafa yayılan tık tık sesleri, bitirim rolüne iyice kendimizi kaptırdığımız anlarda attığımız havalı adımlar için tatlı bir ritim oluvermişti. 3 numara okul tıraşından başka şekil görmeyen kafalarımızdan sızan ter damlaları da esen yelle birlikte enselerimizden sırtlarımıza süzülüp esen hafif rüzgarın da etkisiyle hararetimizi alıyordu. İyilik çetesinin keyfi yerindeydi. Çeteye bu adı ben vermiştim. O kadar iyi duygularla kurmuştuk ki çetemizi; mahallede iktidar mücadelesi veren çocukların kavga çıkarma ihtimalinden korkup çete olduğumuzu hiç kimseye söylemiyorduk. Kavgayı sevmiyorduk biz...

- Çocuklar gelin lan buraya!

- Gelsenize lan kafir çocuğu musunuz nesiniz?

Rafik ustanın tahtalarıyla dolu arsanın önünden geçerken kaset sarmış, adımlarımızdaki tatlı ritim bozulmuştu. Tahtalardan arta kalan boşluklarda çocukların toz toprak içinde misket yuvarladığı arsanın hemen yanındaki binaya dört beş ay önce bir dernek açılmıştı. Ses oradan geliyordu. Katır Nevzat'ın hırıltılı sesiyle ilk irkilen Şişko olmuştu. Kaleyi koruyan muzaffer komutan zırhını üstünde atıp iki dizi yırtık lacivert eşofman takımı ve yanlardan pörtlemiş cırtlı beyaz spor ayakkabılarının içinde özüne dönmüştü. Öne doğru iki hızlı adım atıp kulağımın arkasından sessizce fısıldadı:"Sıtı ne istiyor lan bu Katır ibnesi" dedi. -Şişko bana Sıtı diyebilen tek kişiydi, bir tek ona kızamıyordum- Katır Nevzat'la ilgili sorusunu fısıldayarak sormak zorundaydı. Hele ki Katır'ın ibneliğine vurgu yapan bir soruysa... Katır Nevzat'ı Şişko da ben de bütün mahalle de iyi tanırdı. Gömleğinin düğmelerini neredeyse kemerine kadar açar, sivri burun ayakkabı giyer, zırt pırt kavga çıkardığı için mahalle karakoluna günaşırı gider gelirdi. Kavga etmediği zamanlarda okula giden çocukların önünü keser, ceplerindeki 'bi simit bi gazoz' parasını alır, birçoğunu da zevkine tokatlardı. Mahallede Katır Nevzat'ın tokadını yemeden ortaokulu bitirebilen çocuk yoktu. Katırı dövecek güçte abisi olanlar hariç...

Okulların tatil olması da çocukları katırın elinden kurtarmazdı. Bu sefer de kasasında çocukların beklediği bakkallara dadanırdı. Aldığı dondurmaların parasını vermez, cebine bir avuç çerez doldurmadan dükkândan çıkıp gitmezdi. Tabii bu insaflı haliydi. Bazen de külahına 2 bin liralık dondurma alır, para isteyen çocuğa "10 bin lira verdim ya, üstünü versene" diye çıkışırdı. Küfreder, bağırır çağırır 8 bin lirayı almadan bakkaldan çıkmazdı. Bu parayla da jeton alır, telefon kulübesine koşardı. Sokakta laf atıp ellediği yetmezmiş gibi kızları bir de telefonda taciz ederdi. Postaneden çaldığı jetonları bitene kadar numaraları çevirir, kimine üfler kimine küfreder kapatırdı.

Bir zaman sonra dünya tersine döndü sanki. Bir şeyler oldu Katır Nevzat'a. 1995'in 1 Nisan şakası gibiydi... Çilli suratına saçları gibi kızıl sakal ekledi. Yaka bağır açık gezmeyi bırakıp son düğmesine kadar iliklediği hakim yaka gömleklerden giyer oldu. Şalvarı da eksik değildi. Kolunun altına sıkıştırdığı kahverengi ajandayla derneğe gidip gelmeye başladı. Bükük boyun yürüyüşüne de kısa zamanda alışmıştı. Katır Nevzat'ı mahallelinin gözünde zamanla Nevzat hocaya dönüştüren "Ben hidayete erdim" mesajı tastamamdı. Artık sıra "Madem bizim gibi değilsiniz; o zaman hepiniz kafirsiniz" deme mertebesine ulaşmaya gelmişti. Bu makama çıkması da uzun zaman almamıştı. Siyasetin ayarsız dilinden taşıp sokağa inen 'bize oy vermeyen patates dininden' kategorizasyonu, Katır'ın işini epey kolaylaştırmıştı. Üstelik Katır yine en kolay hedefi seçmişti. Mahallenin çocuklarına yine bir tutam huzur yoktu. Nevzat hoca imajıyla bile "Oh be kurtulduk şu Katır ibnesinden" deme fırsatı vermedi hiçbirine. Bir hamlede 'Kafir veledi' ya da 'Müslüman evladı' damgasını şak diye vuruyordu çocukların alnına. Hem de dayak attığı günlerde bile yaşamadığı kadar büyük bir zevkle.

- Niye gelmiyorsunuz lan derneğe?

- Niye gelelim?

- Kafir misin lan sen? Tabii ki geleceksin it.

- Kafir değilim, elhamdülillah Müslümanım.

- Müslümansan niye gelmiyorsun lan yavşak? Müslümanca yaşayanların derneği burası.

- Niye, sadece bu derneğe gelenler mi Müslüman?

- Lan oğlum salak salak konuşma. Yerini seç. Bak kafirlerin hepsi geberiyor. Hepsinin sonu Oklomo'dakiler gibi olacak.

Oklahoma diyememişti Katır. Küfürler hariç zorlasan günü en fazla 35 kelimeyle tamamlayan birinden beklenecek bir telaffuz becerisi değildi zaten. Bu telaffuz hatasına hiç kimse takılmadı haliyle. Hatta yanımdaki çocukların hiçbiri Oklomo'nun ne olduğunu anlamadı bile. Ama ben mevzuyu iyi biliyordum. Haberlerde seyretmiştim bir hafta önce. Oklahoma'da bir binanın önünde bomba patlamıştı. 150'den fazla insan ölmüştü. Çok da üzülmüştüm. Ecel dışındaki ölümleri kabullenemiyordum. Böylesi ölümler, hiç kimsenin hak etmediği bir sondu. Ölen babasının arkasından bir damla gözyaşı dökmek yerine yaşlı adamın ceplerinde para arayacak kadar ruhsuz Katır'dan bu hassasiyeti beklemedim haliyle. O kadar da saf değildim. Ama Katır'a kötü biri olduğunu hissettirmek istedim.

- Niye kafir diyorsun? Belki aralarında Müslüman da vardır. Hem Müslüman olmasalar bile niye öyle ölsünler ki?

- Kafir oğlum onlar. Hepsi piç. Geberip gittiler.

- Ne biliyorsun piç olduklarını? Hadi diyelim hepsi piç, anaları ağlamaz mı o zavallıların?

Katır, kendini kaybetti. Oldum olası insanlıkla sorunu vardı. Oklahoma'yı doğru düzgün telaffuz edemediğini fark edince ağzından köpükler fışkırmaya başlamıştı. Eski sürümü olsa ana avrat söver, beni evire çevire döverdi. Şalvar üstü sakalı vardı artık. Bir zamanlar sadece sidik torbasındaki birayı boşaltmak için tuvaletini kullandığı merkez camiinde 'saf tutturma' makamına yükselmişti. Komutan edasıyla

"Safları sık tutun" diye bağırıp, ön saflardaki boşlukları kimi zaman sert el işaretleriyle kimi zaman sözlü emirle doldurttuktan sonra namaza duruyordu. Cemaatin assolistiydi. Haliyle şimdi herkesin ortasında küfredip de bu yeni imajını sarsamazdı. Ama çoluk çocuğun önünde façasını bozduğum için bana bir fatura kesmek zorundaydı. Daha fazla madara olmamak için vakit kaybetmeden silahını çekti. Şarjörünü 'herkes kafir ben Müslüman' jargonuyla doldurdu. -Bu jargon çok iş yapıyordu o zamanlar- Başladı ateşlemeye...

- Ne biçim konuşuyorsun lan! Gel de iki kelime Kur'an öğren patates dininden misin sen de?

- Bi kere ben taa birinci sınıfta hatmettim. Babam öğretti. Sen kendin öğren önce.

- Nah biliyorsun. Yalancı kavat. Oku lan elham'ı

- Önce sen oku.

- Gebertirim lan seni, benimle mi yarışıyon?

- Sen elham'ı tecvidli oku; ben Yasin'i baştan sona okuyacağım. Hadi, var mısın?

Ciddi ciddi Yasin suresini baştan sona okuyacaktım. "Ya" bile demeye fırsatım olmadı. Tecvidin ne olduğunu bile bilmeyen Katır, o kadar kudurmuştu ki biçimsiz eliyle sol yanağıma şiddetli bir şamar indirdi. Yanağımdan süzülüp göğsüme kadar yayılan dayanılmaz acı bir yana, hafif bir temasta bile kanayan burnum vanaları yine sonuna kadar açmıştı. Burun deliklerimden fışkıran kan, dudaklarımdan süzülerek boynuma, oradan da terli tişörtüme akıyordu. Kan ter içinde kalmak gerçek manada böyle bir şeydi herhalde... Ben de boş durmamıştım ama... Suratıma tokadı yediğim anda acıyla "Allah" diye bağırırken bir de tekme savurdum. Ne yazık ki tekmem Katır'ın şalvarına takılıp bacak arasındaki hedefe ulaşmadı. Tekmeden kurtulmak için koca kıçını geriye doğru atan Katır, o arada bir tokat daha salladı bana. Tutturamadı. Burnumun acısına rağmen hızlıca yana doğru döndüm, Katır'ın biçimsiz eli sırtımı sıyırıp geçti. O savrulma sırasında burnumdan akan kanlar kavisli bir savrulmayla asfalt yolda kırmızıdan yarım daire çizdi. Yediğim dayağı hazmedemeyen şişko, katıra doğru hamle yapmak istedi. İyilik çetesinin liderine bunu kimse yapamazdı tabii. Tamam, kimseyle kavga etmeyecektik; ama kimseden de dayak yemeyecektik. Katır'ın üstüne atlamak için fırsat kollayan Kemik ve Kepçe'nin yüzündeki nefreti de görünce burnumun acısını unutup Şişko'yu engelledim. Yoksa Katır, beni bırakıp üçünü birden döverdi. Belki tamirci Recep dede yardıma koşardı. Ama bu Katır, sinirlendiğinde kuduz köpekten farksız oluyordu, Recep dedeyi bile döverdi Allahsız.

Şişko'yu kolundan tuttum, hadi gidelim diyerek eve doğru sürüklemeye başladım. Kemik'le Kepçe'ye de bi kafa işaretiyle gelin arkamdan dedim. Yürürken Katır'a ana avrat küfrettim. Burnumdan akan kan durmadıkça daha da sinirlendim. "Sakalına sıçayım" dedim, anında pişman oldum. Katır'ın dindar görünmek için bir karış uzattığı sakala küfretmek vicdan azabı olup içime öküz gibi oturdu. Öyle ya; sakal Peygamber Efendimiz'in sünnetiydi. Az önce sünnete küfretmiştim. İçim acıdı. Tişörtümün alt kısmıyla burnumu temizlemeye çalışırken biraz düşünme fırsatı tanıdım kendime. Düşündüm... Yanımda Katır'ı dövme hayaliyle dalgın dalgın yürüyen Şişko'yu kendine getirecek kadar yüksek sesle "sakalına sıçayım" deyiverdim. Niye vicdan azabı çekeyim? Sünnete küfretmiyordum ki... Sünnet deyince sadece ucu kesilen pipiden anlayan pipi kafalı zibidinin birine küfrediyordum sadece. Peygamberi ve onun sünnetini bilse, insanların öldürülmesine göbek atacak kadar sevinebilir miydi o zibidi. Ulan, Hz. Muhammed cübbesinin üstünde uyuyan kediyi uyandırmaya kıyamamış da oturduğu yerden cübbesinin ucunu kesip kalkmış, babam anlatmıştı. Katır ibnesine anlar insanların birbirine göstermediği şefkati hayvanlardan bile esirgemeyen Peygamber'in sünnetinden! Tabii ya, ne anlar... Huzur içindeydim, içime öküz olup çöken vicdan azabı kuş olup kanatlanmıştı. Sakalına sıçayım Katır. Sakalının ta ortasına...

- Kim açtı lan bu derneği buraya? Ne bok vardı da geldiler bu sokağa bunlar Sıtı?

- Siktir et!

Siktir edip unutmaktı niyetim. Şişko, birkaç adım sonra kendi sorusuna cevap verip "Bizi Müslüman yapacaklarmış" diye mırıldanınca niyetim boşa çıktı. Kendi tespiti değildi bu. Başımızın yeni belası dernekte ben de duymuştum bu cümleyi. Açıldığı ilk günlerde bir bilgi yarışması yapılmıştı orada. Mahalleliyi plastik sandalyelere dizmiş, üç beş çocuğu da masalara oturtmuşlardı. Alt katı dolduran kadınlar üst katta olup biteni televizyona bağlı kamera aracılığıyla takip ediyordu. Ben de üst kattaki izleyiciler arasındaydım. Bilgi yarışması demişlerdi; ama sorular bir acayipti. Ya ben çok cahildim ya da bu adamların bilgi anlayışı çok farklıydı. Yarışmacı çocukların yaş grubuna bakıp ortaokulda öğretilen derslerden, tarihten, coğrafyadan, hikaye kitaplarından sorular bekliyordum. Şaşkındım. Sıkıntıdan oflayıp poflasam da kalabalık yüzünden dışarı çıkmak şöyle dursun oturduğum yerden kalkamıyordum bile... Elinde mikrofonla bir yandan soru sorup bir yandan da espri yapmaya çalışan gencin son zevzekliği sabrımı iyice tüketmişti. Bir yazarın adını soruyordu. Sorduğu şahıs belli ki Müslümanları bir kez daha Müslüman yapmak isteyenlerin önemsediği yazarlardan biriydi. Neleri yazmış, kimlere ders vermiş, davası uğruna ne mühim sıkıntılar çekmiş falan tek tek sıralayan sunucu genç, "Şimdi Avrupa'da yaşıyor" diyerek yazarla ilgili sorusunu sırıtarak tamamladı. Yarışmacı çocuklara baktım, hiçbirinde tık yoktu. Birbirlerine bakıyorlardı. Sunucu, çocukların bu halini görünce iyice keyiflenip beni çileden çıkaran zevzek esprisini patlattı. "Nasıl bilmezsiniz çocuklar, Avrupa'da yaşıyor, İstanbul'un Avrupa yakasında..."

- Sensofhumoruna sıçim!

Bildiğim İngilizce birkaç ifadeden biriydi *sense of humor*. İngilizce kursundaki kırmızı dudaklı Nevin hocamdan öğrenmiştim. İngilizce kitap seti aldığım için bir ay boyunca hafta sonları bedava ders almıştım. Derste yaptığım bir iki espri üzerine -dernekteki sunucunun esprileriyle kıyaslanmayacak kadar iyi-kırmızı dudaklı hocam bana "you have good sense of humor" demişti. Türkçe anlamını söylediğinde yüzünde ılık rüzgarı hala hissedebiliyorum. Kırmızı dudaklarının arasından çıkan kelimeleri harf harf tekrarlatarak yazdım defterime. "You have good sense of humor!" Her kelimenin anlamını öğrendim. Aslında daha çok şey öğrenebilirdim kırmızı dudaklı hocamdan. Nevin hocanın bir milim ruj sürmemesine rağmen kıpkırmızı olan dudaklarına değil de tahtaya yazdıklarına odaklansaydım eğer... Kırmızı dudakları tercih etmiştim. Bir aylık kurstan geriye de sadece bu cümle kalmıştı. Şimdi o tatlı hatıraların ürünü cümleyi, zevzek sunucuya küfretmek için kullanıyordum. Sensofhumoruna sıçim!

Yanımda derneğin müdavimlerinden biri oturuyordu. Neyse ki ne dediğimi anlamamıştı. Yarışma başından itibaren aldığım derin nefesleri oflaya tıslaya havaya salarken yanımdaki adam bana döndü, "Lan oğlum adamlar şu mahalle Müslüman olsun diye uğraşıyor, sen n'apıyorsun? Adam gibi dinle de bi şeyler öğren eşek herif" demişti. Hem de herkesin duyacağı tonda. Etraftaki bakışlar umurumda değildi. Sesin geldiği yere bakmak için herkesin oturduğu yerde kıç üstü kıpraştığı o anı fırsat bilip birkaç kişinin de üstüne basarak kendimi dışarı attım. Kapı önünde Rafik ustanın kalfası Ekrem'le karşılaştım, "Bizim mahalle kafirmiş lan" dedim sırıtarak. Ekrem duyduklarını anlamlandırmaya çalışırken üstüne bir de "sensofhumoruna sıçim" kürümü ekledim. Ekrem sadece anladığı kısma karşılık verdi. "Ben de senin ağzına sıçim!"

Kalfa Ekrem'in o günkü şaşkınlığını hatırlayınca biraz olsun keyiflenmiştim. Her zamanki gibi burnunu karıştıra karıştıra derneğe doğru yürüyen Fayansçı Muhsin'i görünce yine hey heylerim tepeme çıktı. İfrit oluyordum bu adama. Katır Nevzat'ın geçirdiği evrime Fayansçı Muhsin de ayak uydurmuştu. Arka sokaktaki kahvehaneden çıkmaz, ömrünü okey masasında geçirirdi. Daha kırkına varmadan hademelikten emekli olduğu için çalışmak gibi bir derdi de yoktu. Gün boyu okey taşlarıyla haşır neşir olduğundan, adı mahallede fayans ustasına çıkmıştı. Çok olmazdı, ama akşam olmadan kahvehaneden çıkıp sokağa girmişse bulaşacak birilerini kesin bulurdu. Sokakta yaşanan tartışmaların, çıkan kavgaların bir tarafı hep Fayansçı Muhsin ve karısı Kara Nuriye olurdu. Bunu herkes bilir ve onlardan uzak durmanın yollarını arardı. Mahalledeki tüm kıvrak karakterliler gibi değişime o da ayak uydurdu. Derneğe gide gele kıyafetleri, konuşmaları değişti. Yumurta topuk ayakkabı giymeyi bıraktı. Abdest alırken rahat oluyor diye -ilgili ilgisiz bütün muhabbetlerinde buna muhakkak dikkat çekerdi- sürekli terlik giymeye başladı. Biçimsiz bıyıkları yerine bıraktığı çevirme sakal, hâkim yaka gömlek ve şalvar Fayansçı Muhsin'in de vazgeçilmezleri arasına girmişti. Fakat kıyafete yansıyan bu değişim huylarına hiç aksetmemişti. Hala huysuz, hala çamurdu. Sadece kavga çıkarma yöntemi değişmişti. Artık sokak sakinlerine dindarlığı üzerinden laf sokuyor, her sözünün önüne ve ardına "Gardaşım biz

Müslümanık elhamdulillah" notunu düşüyor, bağıra çağıra tatmin oluyordu.

Fayansçı Muhsin o kadar dindardı ki emekli maaşıyla nasıl aldığını herkesin merak ettiği sıfır Renault Manager'ı bile yeşildi. Karısı Kara Nuriye'nin parti flamalarını dikerek kazandığı para da yetmezdi o arabayı almalarına. Derneğin para işlerine el attığı günden beri hakkındaki dedikodular aldı başını yürüdü. Ne zaman bağış paralarının nereye gittiği konusu açılsa Fayansçı Muhsin'in tepesi atardı. "Talebe okutuyoz, çoluk çocuğun Kur'an öğrenmesi zorunuza mı gidiyor" deyip lafı milletin ağzına tıkardı. Bu konu yüzünden Rafik ustaya yumruk atmışlığı bile vardı. "Lan oğlum 25 yıldır it gibi çalışıyorum, biAnadol kamyonet alabildim ancak, sen nasıl aldın Muhsin o sıfır arabayı" diye sorunca göğsüne yumruğu yemişti Rafik usta. Fayansçı Muhsin'in bir haltlar karıştırdığına inanan bir grup daha vardı mahallede. Ama onlardan Rafik usta gibi ses çıkmadı hiçbir zaman. Derneğin işleri bozulsun istemiyorlardı, "hayır hasenata engel olur" endişesiyle Fayansçı Muhsin'in yediği haltların konuşulmaması için ellerinden geleni yapıyorlardı. Kötüyü ifşa etmenin iyiliğe engel olacağına inanıyorlardı. Kötüden kurtulmanın iyiliğe en büyük iyilik olacağını akıllarının ucundan geçirmiyorlardı.

Benim nefretimin Fayansçı Muhsin'in şaibeli zenginleşmesiyle hiçbir ilgisi yoktu aslında. Sıfır arabaya değil isterse jetgillerin uzay arabalarına binsin, bana ne… Bir hafta sonu evde canım sıkılınca bizim çocukları maç yapmak için toplamaya çıkmıştım. Film izlemek için

SENDEN SONRA AŞK

derneğe gitmişler. İstemeye istemeye derneğe girdim. Bizim çocuklar televizyonun karşısına dizili plastik sandalyelere oturmuş, kafalarını duvara monteli televizyona dikmiş, dağ bayır dolaşıp önüne gelene bir şeyler anlatan yaşı birini film izliyorlardı. Arka sokaktan bir iki çocuk daha vardı aralarında. Sıkıldıkları belliydi. Ama bu filmden sonra video oynatıcısına takılacak *kung fu* filmini izleyebilmek için sabretmek zorundaydılar. Kung fu filmi izlemenin ön şartı, bu saçma sapan görüntüyü takip etmeleriydi. Tam arkalarındaydım. İlk anda hiçbiri beni fark etmedi. Halılı sohbet odasının kapısındaki terlikler ve bir çift küçük spor ayakkabı gözüme takıldı. Çok üstünde durmadım. Bizim çocuklara dönüp "Kalkın lan maç yapalım" diye bağırdım orta yere. Şişko, Kepçe, Kemik ve Sarı aynı anda ayaklandı. Diğer çocuklar da kung fu filmi ve maç arasında hafif bir kararsızlık yaşadıktan sonra "Haydi gidelim lan" diyerek oturdukları plastik sandalyeleri ite kaka ayağa kalktılar. O arada derneğin sohbet odası olarak kullanılan halılı bölmesinden bir çocuk fırladı. Bizim arka sokakta oturan Ramazan'dı. Küçücüktü Ramazan, ilköğretim üç ya da dördüncü sınıfa gidiyordu. Babası ölünce annesi evlenip gitmiş, zavallı çocuğu da babaannesine bırakmış. Dövsen ağlamayacak kadar mahcup bir çocuktu Ramazan. Odadan çıktığında yüzü boynu kıpkırmızıydı. Alelacele ayakkabılarını giymeye çalışırken Fayansçı Muhsin arkasından belirdi. Çocuğun ensesine bi şaplak atıp "İyi güreşçiymişsin lan helal sana" deyince içeride ne bok döndüğünü anladım. Fayansçı Muhsin'in suratında yaptığı pisliğin anlaşılmasını istemeyen pis bir sırıtma hali vardı. Çocuğun yüzüne baktım o ara. Fayansçı Muhsin'e korku dolu gözlerle bakıyordu, "Ne yaptın lan bana" der gibiydi.

Bizim çocuklar arasında konuşulan hikaye gerçekmiş demek ki. Fayansçı Muhsin'i o an gebertmek istedim. Ne yazık ki hiçbir şey yapacak durumda değildim. Sokağa çıkıp bağırsam ne bana inanırlardı ne Ramazan'a. Ayağında o meşhur terlikleri, dilinde ikna edici kelimeleri vardı. Fayansçı Muhsin'in eşi dostu tarafından din düşmanı ilan edilmem beş dakikayı bile bulmazdı. Namaz kılarken takmayı asla ihmal etmediğim takkemi üçe beşe katlayıp soktuğum cebimden çıkarıp sallasam, kafamdaki Amerikan tıraşını gösterip gavur tohumu der, yine üste çıkarlardı. Şartlar belliydi, mücadele edebilmem imkansızdı. En iyisi Fayansçı Muhsin'i Allah'a havale edip dernekten uzak durmaktı. Öyle yaptım. Zavallı Ramazan'ı da önüme katıp bizim çocukları dernekten çıkardım. Bir daha da oraya adım atmadım. Koşar adım evine giden Ramazan'ı da bizim sokağa girerken bir daha görmedim.

Fayansçı Muhsin parmağı burnunda, aklı kim bilir hangi masumda, yanımızdan hızlı adımlarla geçerken Dişlek Nergis'le karşılaştık. Kızlardan biriyle dedikodu için kapı önüne çıkmıştı. Beni kanlar içinde görünce ağzındaki sigarasını sağ eline aldı. "Ne oldu oğlum" diyerek sol eliyle yanağıma uzandı. "Yok bir şey Nergis yenge, maç yaparken çarpıştık." Kepçenin elindeki top Dişlek Nergis'i inandırmaya yetmişti. Dişlek Nergis'in sorgu sualinden kurtulup dış kapısı olmayan binaya girdik. Şişko'nun evi konfeksiyonun hemen üst katındaydı. Onun üstünde de binanın sahibi Samsunlu Enver yaşıyordu. Merdivenleri hızla tırmanıp Şişkonun annesine görünmeden terasa çıktık. Hemen terastaki musluğun başına gidip tişörtümü çıkardım. Samsunlu Enver, diğer binaların birçoğunda olduğu gibi terasa su saati olmayan boru hattı döşetmişti. Tesisatçı öyle döşüyordu ki, kirişlerin arasından terasa uzanan kaçak boruyu fatura görevlileri fark edemiyordu. Samsunlu Enver'in karısı Sevgi, kocasının zoruyla evin bütün işlerini kaçak suyla yapıyordu. Akan suyun haram olduğuna kocasını bir türlü ikna edemiyordu zavallı. Samsunlu Enver, saatsiz su kullanmayı hak görüyordu. Herkes kullanıyordu, mahallenin bir tek enayisi o muydu? Kullanacaktı tabii... Rüyalarında sürekli boğulma tehlikeleri atlatacak kadar kafasını haram suya takan Sevgi teyzenin içi hiç rahat değildi. Su faturasının geldiği günlerde Samsunlu Enver'den işittiği ağız dolusu küfürlere rağmen en azından yemekleri haram suyla pişirmemeye dikkat ediyordu. Ne zaman bize gelse anneme dert yanıyordu oradan biliyorum.

Kaçak borunun ucundaki musluğu açıp lacivert tişörtümü yıkamaya başladım. Musluğun yanındaki üstü çamurlaşmış sabunu aldım. Tişörtü sabunla iyice ovdum. Hem sabunun hem de tişörtün üstündeki lekeler kaybolmaya başladı. İyice durulayıp sıktıktan sonra tişörtü kuruması için soba bacasının üzerine serdim. Kepçe, Kemik, Sarı ve Şişko çoktan Sevgi teyzenin sabah vakti üstünde yün çırptığı battaniyeye uzanmıştı. Bana da yer açtılar. Battaniyeye yapışıp kalan yün parçaları saçlarına karışıp ağızlarına girdi. Mayıştıkça mayıştık. Güneş ışığının altında kırmızı perdeye dönen göz kapaklarımızda dönüp duran hayallerimizi seyre daldık. Şişko, sarı tekerli *Bmx* bisikletiyle sokakları turluyor, Kepçe lunaparktaki çarpışan arabayı keyifle sürüyor, Sarı da tozluğu, şortu tastamam 9 numara Galatasaray formasıyla sokakta maç yapıyordu. Kemik'te perde darmadağın, her zamanki gibi... Her yer kan revan. Elinde sustalı bıçak... Elini yumruk yapmış, keskin tarafı dışa gelecek şekilde bıçağı başparmağıyla işaret parmağı arasına sıkıştırmış. Diğer parmakları ve bileğiyle desteklediği bıçağın bir tek sivri ucu dışarıda... Birine sapladığında sadece yaralayacak şekilde tutmayı öğrenmiş. Öldürücü darbe indirmiyor. Dersini alsın, bir daha annesini dövmesin diye parlak sivri ucu babasının etlerine sokup çıkarıyor. Bir baldırına bir karnına... Bir sırtına bir kafasına... Defalarca... Tıpkı dayaktan perişan olan annesi gibi her yerinden kan fışkırsın istiyor. Ölmesin; ama annemi de dövmesin...

Benim aklım her zamanki gibi kara gözlü Hatice'mdeydi. En son bu terasta konuşmuştuk Hatice'mle. Teras kapısının arkasında oturmuş, ele ele tutuşmuştuk. Gözümü açıp Hatice'yle oturduğumuz yere baktım bir süre. Yine kapattım gözlerimi. Bir sabah sokağı süpürürken görmüştüm sokağımıza yeni taşınan Hatice'min kapkara gözlerini. O günden sonra her sabah o kara gözleri görmek için aynı saatte sokağa atıyordum kendimi. Hatice bir zaman sonra hem sokağa hem de bana alışmıştı. Artık sadece sabahın erken saatinde değil akşam vakitlerinde de buluşmaya başlamıştık. Akşam buluşmaları bizim için çok özeldi. Sokağa yaz serinliği çöküp hava biraz kararınca kimse görmeden bu terasa çıkıyorduk. Buluşma yeri olarak hep burayı tercih ediyorduk. Apartmanın dış kapısının olmaması işimizi kolaylaştırıyordu çünkü. Terasa çıkmak için herhangi birinin kapıyı açmasına ihtiyaç yoktu. Yakalanmaktan korkmuyorduk. Nefes sıcaklığı mesafesinde yaklaşmanın heyecanıyla da tir tir titriyorduk. Kendimden biliyorum; kalbimin pompaladığı kan, kapakları açılmış barajlardan fışkıran suyun tazyikiyle yarışıyordu. İlk günlerde utansak da bir zaman sonra her buluşmamızda el ele tutuşmaya başlamıştık. Hatta bir keresinde Hatice'nin yanağına tatlı bir öpücük bile kondurmuştum. İkimiz de utanmıştık. O anı hatırlayınca yine utandım. "Keşke her buluşmamızda öpseydim" pişmanlığı da çöktü içime. Hele o son akşam... Keşke daha uzun konuşsaydık, keşke narin ellerini daha çok tutsaydım ve doya doya öpseydim... Daha sokağa taşınalı iki ay bile olmamışken nereden bilecektim ki kara gözlümle o akşam son kez buluştuğumu. Sokağa çöken karanlıktan daha karanlık adamların Hatice'yi o gece alıp götüreceklerini, ömrüm boyunca unutamayacağı bir kâbusa tanık olacağımı kim tahmin edebilirdi ki? Güneşte kamaşan gözlerimi iyice kıstım, yünlü battaniye üstünde Hatice'yle dolu hayallerime geri döndüm.

# Hatice'nin gidişi...

Hatice'yle Sıdkullah beş dakika arayla terastan inip evlerine gitmişlerdi. Yemeğini yiyip biraz televizyon izledikten sonra yatağına uzanmış, sıcak havanın izin verdiği kadar uyumaya çalışıyordu Sıdkullah. Önce bir araba sesi duydu, sonra bağrış çağrış. Kıyamet kopuyordu sanki. Balkona koştu hemen. Anne babası ondan önce balkona varmıştı bile. Sadece kendileri değil bütün sokak, balkonlarda ya da pencerelerdeydi. Gürültüler Hatice'nin evinden geliyordu. Kapılarının önünde çalışır halde bir araba vardı, beyaz Tempra. Yeni çıkan kıçı havada *Slx*'lerden. Bembeyaz arabanın hemen yanında siyah kıyafetli biri bekliyordu... Başında beklediği araba gibi onun da kıçı havalardaydı. Bağırtılar git gide yükseliyordu. Ağlıyordu birileri. "N'oluyor birader gece vakti, ne yapıyorsunuz orada?" diye bir ses duyduk balkonların birinden. Ses o kadar tırsaktı ki; konuşanın kim olduğunu, sesin sahibinden başka hiç kimse anlayamadı. Arabanın önünde duran siyah takımlı adam, belindeki silahı çıkardı. Hedefsiz bir şekilde yukarı kaldırdığı kafasını bir oyana bir bu yana çevirdikten sonra "Karışmayın siz, girin evinize lan, haydi!" diye bağırdı. Tam o sırada Hatice'nin evinden birileri bağrış çağrış içinde çıktı. Kesintisiz çığlıklar duyuluyordu. Üç kara adamın kollarındaydı Hatice. "Anne" diye haykırıyor, ağlıyor, güçlü kollardan kurtulmaya çalışıyordu. İri yarı adamların elinde çırpınamıyordu bile. Ufacık bedenini pazar poşeti gibi otomobilin arka koltuğuna attılar. Kendileri de çarçabuk arabaya bindiler. Munise hanımla Leyla çıktı arkalarından. Yalınayak, feryat figan arabanın kapı kollarına yapıştılar. Ama erketede bekleyen silahlı adam direksiyonun başına geçer geçmez gazlayınca ikisi de birkaç metre sürüklenip sokak ortasında yara bereleriyle baş başa kaldılar. Bir kız, bir ana asfalta çökmüş ağlayıp dövünüyordu. "Hatice'mi bırakın" diye feryat ediyordu Munise hanım. "Yardım edin Hatice'mi kaçırdılar…" diye ağlıyordu ama Kürtçe feryadını hiç kimse anlamıyordu. Zaten balkonlardan, pencerelerden sarkanların çoğu da korkudan içeri girmişti. Munise hanıma memleketini terk ettiren bela İstanbul'da başına gelmişti. Beyaz Toros'la biricik oğlu Abdurrahman'ı alacaklar diye korkarken kara gözlü küçüğünü beyaz Tempra'yla götürdüler. Beyaz tülbentini yine gözyaşına mendil yaptılar.

Beyaz Tempra sokaktan çıkar çıkmaz evlerine saklanan komşular da birer birer sokağa inmeye başladı. Sıdkullah, çoktan Munise hanım ve Leyla'nın yanına varmıştı. Hatta ana kızla birlikte Tempra'nın peşinden koşan üçüncü kişiydi. Babasının balkondan "Eve gel lan" bağrışlarını duymamıştı bile. Sokak ahalisi asfalt üstünde oturmuş ağlayan ana kızın tepesine zebani gibi çöktü. Biraz önce korkudan tek kelime çıkmayan ağızlardan fışkıran "Kimdi onlar, kanlınız mıydı o adamlar, kızı niye kaçırdılar…" gibi sorular, matkap ucu gibi döne döne Munise hanımın kalbine saplanıyordu. Elektrik direğine tutuşturulmuş cansız sokak lambasının altında eli ayağı buz kesmişti, kalbinden pompalanan kan, yorgun bedeninde dolaşmayı reddediyordu. Canı öyle yanıyordu ki yanı başında oturan Leyla'nın az önce bayılıp boylu boyunca asfalta uzandığının farkına bile varmadı. Sıdkullah'ın annesi Emine'yle Samsunlu Enver'in karısı Sevgi, kalabalığın uğultusu arasında genç kızı ayıltmaya çalışıyordu. Yere düşerken yaralanan yüzünü ne kadar tokatladılarsa da fayda etmedi. Hangi ara eve gittiğini kimsenin fark etmediği Sıdkullah elinde bir sürahi suyla nefes nefese sokağa fırladı. Daha ikinci adımında uzun saçlı takım elbiseli birine çarptı. Sürahideki suyun yarısı adamın üzerine sıçradı. Hatice'yi kaçıranlardan biri mi diye tedirgin oldu. Çarptığı takım elbiseli adam Yılmaz'dan başkası değildi. Abdurrahman da yanındaydı. Eminönü'de balık ekmek yiyip biraz da gezdikten sonra sokağın başına kadar güle oynaya gelmişlerdi. Evin önündeki kalabalığı görünce telaşla yürümeye başladılar. Yılmaz'ın hızını Sıdkullah ve sürahideki su kesti. Abdurrahman bir nefeste annesinin başına varmıştı. Ablasını yerde yatar halde görünce ağlamaya başlamıştı. Bir yandan da annesine neler olup bittiğini soruyordu. Yarı Türkçe yarı Kürtçe... Sıdkullah da tedirginliği üzerinden atar atmaz kalabalığın ortasına daldı. Yarıya kadar su dolu sürahiyi annesine uzattı. Leyla'nın baygın bedenini konu komşunun elinde gören Yılmaz bağıra çağıra kalabalığın ortasına girdi. Leyla'nın başı Yılmaz'ın dizlerindeydi. O arada Sıdkullah'ın annesi yarım sürahi suyu Leyla'nın yüzüne boca etti. Genç kızın başındaki eflatun yazma, suya karışıp simsiyah saçlarından sıyrıldı, yere düştü. Yılmaz'ın az önce ıslanan parlak gri ceketi de sırılsıklam oldu. Yılmaz'ın umurunda değildi elbette... Leyla'dan gözünü ayırmadan yengesine neler olup bittiğini sordu. Munise hanım oğlu Abdurrahman'ı bağrına basmış ağlarken üç kişinin Hatice'yi silah zoruyla kaçırdığını aynı anı yeniden yaşıyormuş gibi tüm detaylarıyla anlattı. Kızlarıyla çay içerken dükkandan bozma evlerini bastılar. Rutubet kokulu eve hava girsin diye hafif aralık bıraktıkları kapıyı tekmeleyip içeri girdiler. İki kişiydiler. Biri tek dişi kalmış bir yaşlı diğeri de Yılmaz'la emsal burnu yamuk biri… Bellerinden silahlarını çıkardılar. Korkudan donup kalan Munise hanım ve kızlarına doğrulttular. Küfürler ettiler, etraftaki birkaç eşyayı tekmelediler. Daha fazla tekmeleyecek eşya bulamayınca yüksek topuklu ayakkabılarının sivri burunlarını Munise hanım ve Leyla'ya saplamaya başladılar. Leyla canının acısıyla "Ne istiyorsunuz" diye sorabildi. Tek dişli kalmış yaşlı adam Leyla'nın sorusuna ağzıyla değil tekmesiyle cevap verdi. Ardından Hatice'yi bileğinden kavradığı gibi kendine doğru çekip ayağa kaldırdı. Kapıya doğru sürüklemeye başladı. Leyla, kafasına inen tekmelerini acısını unutup kardeşinin ayak bileğine yapıştı. Hatice'nin kol bileği tek dişli yaşlı adamın elinde ayak bileği ablasının elinde… Çırpınıp duruyor… Munise hanım da Hatice'yi tutmaya yeltendi. Ama yamuk burunlu maganda göğsüne öyle bir tekme indirdi ki yerinden kıpırdayamadı. Nefesi kesildi. Hatice'yi dışarı çıkarabilmek için Leyla'dan kurtulmak isteyen tek dişi kalmış yaşlı adam da art arda tekme savurdu. Kapı dibine kadar direnen Leyla, Hatice'nin ayak bileğini kavrayan elini tekme darbeleri yüzünden gevşetmek zorunda kaldı. Bu arada Munise hanım kendini biraz toparlamış Haticesini yaşlı adamın elinden kurtarmak için ayağa kalkmıştı. Feryat figan kapıya doğru koşmuştu. Kızını arabanın arkasına bindirirken yamuk burunlu magandadan bir tekme daha yemişti. Leyla son çare kolunun arabanın açık camından içeriye uzatmıştı. Yaşlı adam tek dişiyle Leyla'nın elini ısırdı. İğne batmış gibi acı hissetti Leyla. Ama vazgeçmedi, öbür eliyle cama tutundu. Munise hanım da yarıya kadar açık olan cama yapıştı. Bu kadar sıkı tutununca arabayı durdurabileceklerini düşünüyorlardı. Karşı tarafta da bir oğlan arabanın arka kapısını açmaya çabalıyor, tamamen kapalı olan camı yumrukluyordu. Allah razı olsun, komşunun oğluydu. Araba hareket edince üçü de birkaç metre sonra asfalta yapıştı.

Munise hanımın ağlaya sızlaya anlattıkları tepelerine dikilen komşuların sorularına da cevaptı. Ama Munise hanım buralarda herkesin her gün duyduğu bir o kadar da yabancı olduğu bir dilde anlatmıştı her şeyi. Komşuların merakı iyice kabarmıştı; ama Yılmaz, tek dişli yaşlıyı duyar duymaz ne olup bittiğini anlamıştı. Evi basan meyhanedeki yaşlı yavşaktı kesin. İyi de burayı nasıl bulmuştu? Takip etmiş demek ki hayvan evladı.

Leyla ayılır gibi olunca ana kızı evlerine taşıdılar. Çaydanlık devrilmiş, bardaklar kırılmış, her yan darmadağınık. Abdurrahman alelacele şilteleri düzeltti. Ana kızı şiltelerin üzerine oturttular. Sıdkullah'ın annesi Emine de çaydanlığı bir köşeye kaldırdı. Komşu Emine üzeri cam kırıklarıyla dolu halıyı karşı köşeye doğru katlayıp topladı. Diğer kadınlar ana kızla ilgilenirken bir taraftan da girdikleri evi köşe bucak inceliyorlardı. Çünkü hiçbiri Silvan'dan gelip bu dükkana sığınan aileye bir hoş geldin misafirliğine bile gitmemişti. Emine ve Sevgi hariç... Zaten içeri giren komşulardan sadece bu ikisi ana kızın derdiyle ilgileniyordu. Diğerlerinin derdi tamamen bu gizemli aile ve son olayla ilgili meraklarını gidermekti.

Yılmaz, ağlayan yengesinin elini tuttu, "Hatice'yi getireceğim, vallahi getireceğim" dedi. Leyla'ya baktı, bir kez daha "Allah vekil getireceğim, söz" deyiverdi. Bir hışımla ayağa kalktı. Eli beline gitti, silahını yokladı. Abdurrahman da ayaklandı o ara.

- Abe kim bunlar, bacımı nereye götürdüler Allah aşkına?

- Gidip alacam Hatice'yi sen merak etme, o puştların da ölüsünü dirisini...

- Haydi abe nereye gidiyorsak gidelim bacımın başına bi şey gelmeden

- Sen gelme, burada dur.

- Ne diyon abe sen, bana da emanet ayarla.

- Lan oğlum anneni, ablanı yalnız bırakma, ben halledecem dedim.

- Olmaz abe bacım o benim, ben nasıl durayım burada?

- Yürü o zaman haydi, önce benim eve uğrayacaz.

- Abe ne işimiz var senin evde, haydi gidelim nereye gideceksek.

- Çok konuşma Abdurrahman, yürü...

Çıkıp gittiler. Sıdkullah da onlarla birlikte gitmek için can atıyordu. Annesinden çekindi. Ne diyecekti, bu davranışını nasıl açıklayacaktı? Hatice'yi sevdiğini nasıl söyleyecekti? Zaten arabanın peşinde sürüklendiği için herkes şaşkındı. Şimdilik bütün dikkatler Munise hanım ve Leyla'nın üzerinde olduğu için meraklı sorulara henüz muhatap olmamıştı. İçeride durmadı yine de kapı önüne çıktı. Meraklı komşular da birer birer arkasından çıktı. İçeride bir tek annesi ve Samsunlu Enver'in karısı Sevgi kalmıştı. Kapının önüne oturdu. Arada arkasına bakıp Hatice'nin annesiyle göze geliyordu. Munise hanımın gözyaşlarına eşlik etmek istiyordu; ama ağlamaya da çekiniyordu. "Sana ne oluyor lan?" sorularına muhatap olmaktansa acı acı yutkunmaya razı oluyordu. Bir kez daha döndü arkasına. Annesi ve Sevgi, ağlayan Leyla'nın elini tutmuş teselli ediyordu. Munise hanımı göremedi. Kafasını biraz daha içeri doğru eğince Munise hanımın duvardan Kur'an-ı Kerim'i almak için kalktığını gördü. İç çeke çeke dönüp yerine oturdu Munise hanım. Kur'an-ı Kerim'i kılıfından çıkardı. Kılıfı katlayıp dizine koydu. İçinin ferahlaması için Kur'an okumak istediği zamanlarda ne yapıyorsa onu yaptı. Allah kelamından nasiplenmek dilinden düşmeyen dualarından biriydi. "Ya nasip" deyip rastgele bir sayfa açtı. Nasibi, İstanbul'daki ilk gecesinde okuduğu sureden başkası değildi.

"Güneş dürüldüğünde

Yıldızlar bulanıp söndüğünde

Dağlar yürütüldüğünde

Gebe develer salıverildiğinde

Yabani canlılar toplandığında

Denizler kaynatıldığında

Ruhlar bedenlerle eşleştirildiğinde

Diri diri gömülen kıza hangi günahtan ötürü öldürüldüğü soruldağında..."

Nefesi kesildi bu ayette. "Sewi e mın" diyebildi sadece. Ve yetimim diye inlediğini sadece Leyla anladı. Elleri tutmaz oldu Munise hanımın. Bayılırsa yere düşmesin diye Kur'an-ı Kerim'i kucağına bıraktı. İçinde harlanan ateş artık dayanılmaz bir hal almıştı, güçsüz düşen bedeni Hatice'nin acısıyla ağırlaşan başını taşıyamaz olmuştu, sağ yanına yıkıldı. Emine tutup kaldırdı ağırlaşmış başını. Bakışlarını Leyla'nın ağlamaktan kan çanağına dönmüş gözleriyle buluşturup ezberindeki sureyi yarı baygın tamamlamaya çalıştı.

*"Amel defterleri açıldığında*

*Gökyüzü yerinden sıyrılıp koparıldığında*

*Cehennem alevlendirildiğinde*

*Cennet yaklaştırıldığında*

*Herkes önceden hazırlayıp getirdiği şeyleri bilecektir"*

Munise hanımın enerjisi bu kadarına yetti. Gözü karardı. Taşıyamadığı başı Emine'nin dizlerine düştü.

Yılmaz eliyle anahtarı çevirirken ayağıyla da kapıyı tekmeledi. Bir hışımla içeri girip salondan plastik tabureyi aldı. Hızla tuvalete girdi. Tabureyi alaturka tuvaletin boşluklarına denk gelmeyecek şekilde yerleştirdi. Nefes nefese üstüne çıkıp yarım metrekarelik ve de zifiri karanlık havalandırma boşluğuna bakan küçük pencereyi açmaya çalıştı. Baktı olmuyor, dirseğiyle camı kırdı. Kendini kaybetmiş gibiydi; yine de cama yumruk atmamayı akıl edebilmişti. Elleri ona sağlam lazımdı. Açılan boşluktan kolunu uzattı. Elini duvarın üzerinde biraz gezdirdi. Cam kırıklarına dikkat edip biraz daha uzanınca düz duvarda aradığı ipi yakaladı. Eline sara sara çekmeye başladı ipi. Eve taşındığı gün havalandırma duvarına beton çivisi çakmış, bakkaldan aldığı mavi renkli çamaşır ipini de çiviye bağlayıp karanlık boşluğa salmıştı. İpin ucunda siyah bir çanta vardı. Çantanın içinde tam da böylesi günlerde lazım olur diye Muş'tayken örgütten aşırıp İstanbul'a getirdiği kalaşnikof vardı. Pencerede kalmış birkaç parça camı da kırarak kalaşnikofu içine yerleştirdiği çantayı içeri aldı. Tabureden atlayıp tuvaletin ortasında çantanın fermuarını bir hamlede açtı. Abdurrahman'ın meraklı bakışları arasında önce iki kat bezi, ardından beş kat kalın naylonu açtı. Ahşap dipçiğinden tutup kalaşnikofu çıkardı. Çantanın dibinden mermi dolu şarjörü bulup kalaşnikofa taktı. Sağ eliyle sıkıca kavradığı silahı yeniden çantaya koydu. Ayağa kalkarken belindeki 14'lüyü çıkarıp Abdurrahman'a uzattı. Hırıltıyla fısıldadı...
"Haydi gidiyoruz!"

Kapıyı kapatmadan çıktılar. Karanlık sokaktan koşar adım caddeye çıktılar. O kısacık mesafede Yılmaz bir hayat kurtarayım derken Hatice'nin canını karanlık adamların önüne nasıl attığını Abdurrahman'a anlattı. Bir daha söz verdi, Hatice'yi alacağım o orospu çocuklarının elinden. Caddeye çıkar çıkmaz hemen bir taksi çevirdiler. Yüzlerdeki gergin ifade bir yana Yılmaz'ın kucağındaki siyah çanta taksiciyi tedirgin etmişti. Cinayetten mi cinayete mi, soygundan mı soyguna mı? Nereden gelip nereye gidiyorlar, çözememişti. Bu tekinsiz tipleri taksiye aldığı için bin pişmandı. Anayola çıkmadan hemen önce Yılmaz'ın dur biraz hele deyip çantayı takside bırakmadan kaldırımın üstündeki telefon kulübesine girmesi, tek kaşlı taksiciyi iyice işkillendirmişti. Taksinin kapısını kapatmadığı gibi telefon kulübesinin kapısını da açık bırakan Yılmaz'ın konuşmasına kulak kabartmıştı. "Hazırlan oğlum bu gece gidiyoruz, ama son bi işimiz var" dediğini duydu. Yandan geçen minibüsün gürültüsü, iki metre ötedeki konuşmanın son kısmını duymasını engelledi. "Doğan'la gel Ferhat" gibi bir cümle daha yakalayabildi ancak. Kimdi bu Doğan'la Ferhat. "Bunlar ya mekan basacak ya birilerini öldürecek!" Sıkıntıdan frendeki ayağı titremeye başladı. Zora düştüğü her anda olduğu gibi sağ eli açık anının altına kalın bir çizgi halinde uzanan kaşlarına gitti. Tek tek kaşlarını yolmaya başladı. Sol elini de Abdurrahman'a çaktırmamaya çalışarak kapı cebine uzattı. Temizlik bezinin altına sakladığı bıçağını yokladı. Ne olur ne olmaz, hazırlıklı olmalıydı. Şunların ikisini de Aksaray'da atıp başına bir bela almadan gazlayabilmek için dua etmeye başladı.

Yılmaz, yüzünde önemli bir işi halletmenin rahatlığıyla taksiye döndü. Teker dönmeye başladı, taksicinin sağ eli hala kaşlarındaydı. Yılmaz önde, Abdurrahman arkada, Aksaray'a varana kadar da tek kelime etmediler. Ciğerlerinden fışkıran nefesin gürültüsünü dinlediler. Havadaki ritmi Yılmaz'ın "dur" diye gürlemesi bozdu. Kulübün önüne gelmişlerdi. Taksici korkudan ani fren yaptı. Belki de ömründe emniyet kemeri hiç takmamış olan Yılmaz, kafayı az kalsın ön cama geçiriyordu. Son anda sol eliyle torpidoya tutundu. Kendine toparlar toparlamaz taksiciye sert bir bakış fırlattı, ama hiçbir şey demedi. Hızlıca cebinden çıkardığı parayı uzatıp üstünü beklemeden taksiden indi. Abdurrahman da arkasından fırladı. Taksici aldığı paraya bakmadan gazlayıp ara sokaklara daldı. Taksinin egzozundan çıkan duman daha dağılmamışken loş merdivenleri ikişer üçer inen Yılmaz ve Abdurrahman bodrum kattaki meyhanede soluğu aldı. Kapıdan girer girmez Yılmaz, çelimsiz garsonla burun buruna geldi. Garsonun "Hoş geldin abe" demesine fırsat vermeden içeri daldı. Saat neredeyse 4 olmuştu. Meyhane boş sayılırdı. İçen içmiş, giden gitmiş, geceyi çevre otellerde noktalamak için pazarlıklar çoktan yapılmıştı. Sadece duvar diplerindeki birkaç masa doluydu. Son muhabbetler ediliyor, son kahkahalar atılıyordu. Yılmaz kel bir adamla iri göğüslü konsomatrisin bira yudumladığı masanın başına geldi. Elindeki siyah çantayı masanın ortasına bıraktı. Fermuarı aceleyle açıp kalaşnikofu çıkardığında tepesinde saçı kalmamış zamparayla iri göğüslü konsomatris buz kesti. Hemen arkadaki çelimsiz garson olduğu yerde donakaldı. Meyhanenin loş ışıkları ve sahnedeki uvertür kadının baskın sesi, diğer masaların dertli ve de çapkın gidişatını korumuştu. Ne Yılmaz'ı ne de kalaşnikofu fark etmişlerdi. Abdurrahman zaten her zamanki gibi sıfır makamındaydı. Elindeki 14'lüye rağmen...

Kalaşnikofun peş peşe tavana fırlattığı mermiler meyhaneyi birbirine kattı. Loş ışık yayan ampuller paramparça olup etrafa savruldu. Tavana asılı disko topundan kopan parçalar rengarenk ışıklarını söndürüp döne döne kirli zemine düştü. Meyhanenin orta yeri zifiri karanlığa gömüldü, duvar köşelerini aydınlatan cılız ışıklar kalaşnikoftan yayılan gümbürtüyle iyice titremeye başladı. Korkudan birbirini ezip bağıra çağıra masa altlarına saklanmaya çalışan herkesin gözü artık Yılmaz'daydı. Yılmaz'ın gözü ise yazıhanenin kapısında... Yazıhanedekilerin "ne oluyor lan" demesine fırsat vermeden kapıyı tekmelediği gibi içeriye daldı.Aradığı herkes rakı kadehleri ve meze tabaklarıyla dolu masanın etrafındaydı. Tek dişi kalmış yaşlı yavşak patron koltuğundaydı. Yamuk burunlu maganda masanın önündeki koltukta, iri yarı serseri de onun tam karşısında. Yüzleri bembeyaz... Kalaşnikofu görünce hepsinin nefesi kesildi. Bellerindeki silahları çıkarmak için ellerini bir santim oynatmadılar bile. Silahlarını kovboy hızında çekseler bile daha tetiğe basamadan taranacaklarını bildiklerinden kalaşnikofa kafa tutmaya hiç yeltenmediler. Tek dişi kalmış yaşlı yavşak oturduğu koltuğa iyice gömüldü. Masanın altına girdi girecek pozisyondaydı. Ama Yılmaz'ın gözü bu üçlüde değildi. Şoktaydı. Leyla oradaydı. Yazıhanedeki rakı masasında... Hem de korkusuz... Öylece oturuyor tek dişi kalmış yaşlı yavşağın yanına iliştirdiği sandalyede. Yılmaz az önce sıktığı kurşunları beynine yemiş gibiydi. Daha birkaç gün önce kurtarmıştım seni bu bataktan. 15'lik bedenini kılları ağarmış puştların koynundan almıştım. Hem de pezo Ferhat'ın canı pahasına...

- Ne işin var senin burada Leyla?Bu puştlar seni de mi kaçırdı?

- Yok abi, ben kendim geldim.

- Ne diyon sen Leyla? Ne diyon sen?

- Ne diyeyim abi, yetimhaneden attılar. Söylesene abi ne yapacaktım ben? Nereye gidecektim?

- Buraya geleceğine sokakta yatsan daha iyiydi ulan!

- Sokakta tek başına yatırırlar mı hiç? Aç karnımla sokaktaki çulsuzların altına yatacağıma burada en azından para kazanırım abi boş versene sen.

- Yazık ulan sana. Leyla! Yazık lan sana...

- Asıl Hatice'ye yazık abi.

Kardeşinin adını duyan Abdurrahman çıldırdı. Yılmaz'ın arkasından fırladı. Silahını tek dişi kalmış yaşlı yavşağa doğrulttu, iki adım atıp bağırdı: Haticem nerede ulan orospu çocukları? Sonra da Yılmaz'a dönüp "Abe bu fahişe için mi bacımı tehlikeye attın?" diye sordu. Leyla'nın korkuya dayanıklı gözleri bu söze dayanamadı. Hıçkıra hıçkıra ağlamaya başladı. "Fahişe değilim ben..." Nasıl anlatacaktı ki başına gelenleri Leyla… Yılmaz'ın bıraktığı gece yetimhane bekçisinin "Hep başkalarına mı ulan yollu" diyerek küçük bedenini merdiven altına çektiğini, bir eliyle ağzını kapatıp öbür eliyle göğüslerini morartmasını nasıl söyleyecekti? Bekçinin soğan kokan nefesiyle boynuna bıraktığı diş izlerini hangi kelimeler tarif edecekti? "Yukarıdan biri merdiven ışığını yakmasa oracıkta tecavüze uğrayacaktım" diyebilecek miydi? Panikleyen bekçinin elinden kurtulup kendini sokağa attığında yamuk burunlu magandanın koluna yapıştığını, gözünden akan yaşın bir damlasını bile silemeden beyaz Tempra'ya atılıp bu batağa geri getiriliğini, şimdi yanında oturduğu tek dişi kalmış yaşlı yavşağın tehditlerini hangi cümlelere sığdıracaktı? Tek dişi kalmış yaşlı yavşağın "Bir daha kaçarsan hem seni hem de bu kızı öldürürüm" diye bağırırken eliyle Hatice'yi işaret ettiği o anı söylese kaç nefeslik ömrü kalacaktı? Hepsi bir yana, "Bulaşıkçıların seni gammazlayacağını niye akıl etmedin salak" diye Yılmaz'a bağırsa, şu yazıhanedekilerin dışında kaç kişi daha ölümün kıyısında dolaşacaktı? Diyemedi hiçbirini. Birkaç günde yaşadığı bir ömürlük çilenin hesabını soramadı. Sabaha kadar üstünden sırayla geçen meyhane magandalarına, doğru düzgün iyilik yapmayı bile beceremeyen Yılmaz'a, hiçbirine bağırıp çağıramadı. Bağıra çağıra Abdurrahman'a ağladı. Onu o kötü sözü içini öyle bir yakmıştı ki; Yılmaz'ın elindeki kalaşnikofla delik deşik olsa canı o kadar acımazdı. "Fahişe değilim ben, fahişe değilim…"

Oturduğu sandalyede öne eğilmiş ağlayan Leyla'nın gözyaşları parlak yeşil elbisesini ve yırtmaçtan taşan bacağını ıslatıyordu. İki eliyle kafasını mengeneye almış gibi sıkarken "Fahişe değilim ben" diye hıçkırıyor, isyan ediyordu. Yamuk burunlu maganda, Leyla'nın isyanını pis pis sırıtarak izliyordu. Abdurrahman, yamuk burunlu magandanın bakışlarını fark edince deliye döndü. Tek dişi kalmış yaşlı yavşağa doğrulttuğu silahı, kabzasını çekiç niyetine kullanacak şekilde kavradı. Eline ilk kez silah alıyor olmasına rağmen bu zorlu hareketi tek hamlede hızlıca yaptı. Yerinden havalanıp masanın önündeki koltukta oturan yamuk burunlu adamın üzerine uçtu. "Ne sırıtıyon puşt? Bacım nerede lan, bacım nerde" diye haykırıp doğrulduğunda magandanın yamuk burnu kanlar içindeydi. Boynunda da kan fışkırtan bir delik vardı. Yamuk burunlu adamın burnunu dümdüz ettikten sonra silahı kavrayayım derken farkında olmadan tetiğe de basmıştı. Abdurrahman kanı görünce iyice kendinden geçti. Arkasını dönüp silahını masanın önündeki diğer koltukta oturan iri yarı serseriye çevirdi. Gözleri yerinden fırlayan iri yarı serseri de elini beline attı. O an yazıhane kurşun sesleriyle inledi. Yılmaz, kuzenini vurmaya yeltenen iri yarı serseriyi öyle bir taradı ki; göbeğiyle boynunun arasında iki santimden daha uzun deri parçası kalmamıştı.

Abdurrahman bu kadar şiddete dayanamadı, tir tir titrerken elindeki silahı yere düşürdü. Az önce yamuk burunlu magandanın üstüne atlayan o değildi sanki. Aksine Yılmaz meyhaneye girdiği ana göre daha sakin ve kararlıydı. Hatice'yi alana kadar meyhanedeki herkesi tarayacaktı. Alınca da geriye kalanları kurşuna dizecekti. Ta ki şarjörü bitene kadar. Leyla hariç elbette… Daha çocuktu. Adı güzeldi onun.

Üstüne geçirdikleri konsomatris elbisesiyle kirlenemeyecek kadar güzel... Çevirdi kalaşnikofun namlusunu tek dişi kalmış yaşlı yavşağa. Birkaç adım masanın öbür tarafına geçti. Sandalyede oturan Leyla'yı kolundan tutup kaldırdı ve Abdurrahman'a doğru ittikten sonra tek dişi kalmış yaşlı yavşağın tepesine dikildi. Kalaşnikofun namlusu yaşlı yavşağın alnına oturttu.

- Nerede lan Hatice, bir daha sormayacam!

- Abi gözünün yağını yiyim dur. Sıkma kurban olayım.

- Ulan gavat! Şimdi söyledin söyledin... Söylemedin götüne 10 delik daha açacam!

Koltuğa yapışan tek dişi kalmış yaşlı yavşak belki kurtulurum umuduyla yalvarmaya devam etti. Hatice'yi vermediği sürece Yılmaz'ın kendisini öldüremeyeceğini adı gibi biliyordu. Bakırköy'de kebapçı işletip çek senet işi yapan kardeşini içerideki garsonlardan biri aramıştır diye umut ediyordu. Kardeşi ve peşinde sadık köpek gibi dolanan silahlı adamları gelene kadar zaman kazanmaya çalışıyordu. Yılmaz, gün olur da ayağına dolanır endişesiyle girip çıktığı tüm mekanları, mekanların sahiplerini, sahiplerin eş, dost akrabasını araştırır öğrenirdi. Tek dişi kalmış yaşlı yavşağın arkasında çek senet işi yapan ve mafya babası namını pekiştirmek için beladan uzak durmayan kardeşinin olduğunu biliyordu. Birazdan meyhaneye damlayacağını da... O yüzden elini çabuk tutması gerekiyordu. Zaten şimdiden iki ceset vardı ortada. Tek dişi kalmış yaşlı yavşağı

ÖNDER DELİGÖZ

konuşturmak için canını acıtması gerekiyordu. Tetiğe asıldı. Bacağına bir kurşun yollayacaktı aslında, ama kalaşnikofu seri atıştan tek atışa almak için uğraşmak istemedi. Tek dişi kalmış yaşlı yavşak parçalanmış bacağını tutup böğüre böğüre inlemeye başladı.

- Söyle ulan, söyle! Hatice nerede? Söyle ulan it oğlu!

- Abi bokunu yiyim dur. Yeter ne olur dur. Tamam, kız içerde, bulaşıkhanede.

- Doğru söyle lan göt!

- Anam avradım olsun bulaşıkhanede abi. Bi şey yapmadım kıza abi.

- Hele bi dokunmuş ol Hatice'ye, hele bi dokunmuş ol! Tırnak makasıyla etlerini koparacam puşt.

- Abi yalan söylüyorsam sülalemi siksinler... Valla kız bulaşıkhanede, köpeğin olayım kızı al git.

Yılmaz tek dişi kalmış yaşlı yavşağa güvenmedi. Sol eliyle yakasına yapıştığı gibi ayağa kaldırdı. Ayakta duramayan yaşlı yavşak acıyla bağırıp yere yığıldı. Yılmaz, yaşlı yavşaktan vazgeçip Leyla'nın koluna yapıştı. Leyla'yı yazıhanenin dışına doğru çekiştirirken Abdurrahman'a döndü. "Al şu puştu gel arkamdan!"

Abdurrahman yere düşürdüğü silahı alıp beline taktı. Masanın arkasına boylu boyunca uzanan yaşlı yavşağı kollarından tutup sürüklemeye başladı. Yılmaz müdavimi olduğu meyhanenin her köşesini biliyordu. Yazıhaneden çıkıp masaların olduğu bölüme hiç girmeden sağa döndü. Tuvaletleri geçti. Birkaç adım sonra bulaşıkhaneye girdi. Musluklar sonuna kadar açıktı. Bulaşık yıkama lavabosundan taşan köpükler, durulama lavabosundan yere akan suyun üstünde yüzüyordu. Zemin sular içinde bembeyazdı. Sadece açık musluğun sesi vardı içeride. Belli ki bulaşıkçılar kurşun seslerini duyar duymaz arka bahçeden fıymıştı. Aslında Yılmaz bulaşıkhaneye girer girmez iki bulaşıkçının ağzına sıkacaktı. Gammazcılığın cezasını kesecekti. "Ulan elbet düşersiniz elime ibneler" deyip ertelemek zorunda kaldı. Abdurahman sürüklediği yaşlı yavşakla bulaşıkhaneye girince bulaşıkçıları unuttu zaten.

Tek dişi kalmış yaşlı yavşağın paramparça olmuş baldırından zemine akan kanlar köpükleri kırmızıya boyamaya başladı. Bahçeye açılan kapının dibindeki gidere doğu süzülen köpükler, kırmızı beyaz kıvrımlar halinde ilerliyordu. Yılmaz, köpükler içinde acıyla kıvranan yaşlı yavşağın suratına sert bir tekme savurdu. Yerden fışkıran kırmızı köpükler Abdurrahman'ın suratına yapıştı. Havada savrulan köpüklerin bir kısmı da bulaşıkhane kapısına dayanmış ağlayan Leyla'nın yeşil elbisesine kondu. Yaşlı yavşağın üst damağındaki tek diş de tekme darbesiyle fırlayıp yukarı doğru kavis çizdikten sonra bulaşık durulama lavabosuna düştü. Kanlı diş, dibe doğru batarken pırıl pırıl oldu. Yaşlı yavşağın iki eli de kandaydı. Biriyle dağılmış çenesini öbürüyle parçalanmış bacağını tutuyordu. Ağzını hareket ettiremediği için konuşamıyor, kan dolu boğazından hırıltılar çıkarabiliyordu... Yılmaz, bir ayağını boğazına bastırınca hırıltı da çıkaramaz oldu. Islanmış kösele ayakkabısıyla boğazına iyice bastırıp "Nerede ulan gavat, kız nerede" diye haykırdığı anda can verecek gibi oldu. Can havliyle sol elini yukarı kaldırdı, işaret parmağıyla Yılmaz'ın sağ çaprazını gösterdi. Yıkanıp durulanan bulaşıkların kuruduktan sonra dizildiği kirli beyaz renkli büyük dolabı gösteriyordu.

Bir buçuk metre boyunda iki metre genişliğindeki dolabın rafları tabaklarla doluydu. Hemen yanında da üstüne kirli tabakların üst üste dizildiği, atındaki kapaklı raflarda deterjanların, bulaşık süngerlerinin falan saklandığı bir metre boyunda bir dolap vardı. İki dolap duvar dibinde kesişiyordu. Kesişme noktasında ise karşıdan bakınca ilk anda fark edilmeyen dörtgen bir boşluk vardı. Yılmaz, hafif sağ arkasına doğru döndü. Tabaklarla dolu rafları görünce kösele ayakkabısını yaşlı yavşağın boğazına daha bir bastırdı. Öyle bir hınçla bastırıyordu ki ayakkabısının sert köşeli topuğu yaşlı yavşağın gırtlağını delmişti. Yaşlı yavşağın can vermeye niyeti yoktu. Israrla sol elini havada tutuyordu. İşaret parmağı ise tabak dolabını gösteriyordu. Yılmaz "Yine bi ibnelik peşindeysen sülaleni burada sıraya dizip delik deşik edecem oğlum" diye bağırıp ayağını yaşlı yavşağın boğazından kaldırdı. Yaşlı yavşak yeniden hırlamaya başladı. Yılmaz aceleyle arkasına dönüp dolapların yanına gitti. "Ne var ulan burada ne var?" Raflardaki tabakları kalaşnikofla paramparça etti. Küçük dolabın kapaklarını açtı, kalaşnikofun namlusuyla deterjanları, süngerleri, siyah çöp poşetlerini, lavabo pompalarını köpüklerin içine attı. Sinirle kalktı, parmağını tetiğe götürdü, arkasına dönüp yaşlı yavşağın öbür bacağına sıkacaktı. Köşedeki boşluğu fark etti. Kafasını uzattı, boşluğa baktı. Hatice oradaydı. Eli, ayağı, ağzı, gözü bağlı... Başı öne eğik, diz üstü oturur vaziyette sıkışmış kalmış o boşlukta.

- Hatice! Buradayım kuzum, korkma buradayım ciğerim.

Yılmaz kalaşnikofu boynuna astı. Hatice'yi boşluktan çıkarmak için hamle yaptı. Omuzlarından tutup yukarı doğru, kirli tabakların dizildiği dolabın üzerine doğru çekti Hatice'yi. Kedi yavrusu gibi inliyordu Hatice. Musluktan akan suyun sesi bile iniltisini bastırıyordu. Hatice'nin ince iniltisi Yılmaz'ın içindeki ateşi harladı. Koyverse ağlayacaktı. Ama sağlam kalmalıydı. Acele de etmeliydi. Kebapçı mafya babası her an damlayabilirdi. Hızla Hatice'yi dolabın üstüne oturttu. Elini Hatice'nin gözlerini kapatan siyah bezin düğümüne atmıştı ki; art arda 6 kurşun sesiyle irkildi. Kebapçı mafya babası geldi sandı. Kalaşnikofu boynundan çıkarıp arkasına döndüğünde Abdurrahman'ın ifadesiz yüzünü gördü. Hatice'yi o halde gören Abdurrahman yaşlı yavşağın kafasına tam 3 kurşun saplamıştı. İkisi alnına, biri tam ağzının ortasına... Bulaşıkhanenin zemininde birkaç santim bile beyaz köpük kalmamıştı artık. Yaşlı yavşaktan fışkıran kan, her yeri kırmızıya boyamıştı.

Abdurrahman'ın bu kadar kolay adam öldürmesine şaşıran Yılmaz, çabuk toparlandı. Haddinden fazla vakit kaybetmişlerdi zaten. Yaşlı yavşağın kurşun delikleriyle bowling topuna dönmüş kafasına doğru kurşun hızında ağız dolusu bir tükürük savurdu. Tükürüğün kana karışma hızında Hatice'ye döndü. Perişan haldeki kızın ağzını, gözünü kapatan bağları çarçabuk çözdü.Arkadan bağlanmış ellerini açtı. Hatice'ye sarıldı. Doğru düzgün nefes alıp sesli sesli ağlamaya başlayan Hatice'nin gözyaşları, Yılmaz'ın ensesini kapatan saçlarına düştü. O arada Abdurrahman da ayaklarındaki bağı çıkarıp attı. "Kara kız" deyip kardeşinin ayaklarını öpmeye başladı. Hatice ağlıyordu, ama şoktaydı. Çok korkmuştu. Dört buçuk saattir iki büklüm oturduğu yer, Silvan gecelerinde dışarıdan silah sesleri gelirken yatağıyla dolabının arasına saklandığı köşeye hiç benzemiyordu. Orada kendini güvende hissediyordu. Ama bu boşluk, korku tünelinden farksızdı. Beyaz Tempra'dan indirilip meyhaneye arka bahçe kapısından sokulduğunda feryat figan ağlıyordu. O sırada sahnedeki uvertür şarkıcı nağme yapayım derken elindeki mikrofonu aşağı yukarı sallayıp gırtlağını yırtıyordu. Hatice'nin feryat etmekten kısılmaya ramak kalmış sesi bulaşıkhaneden öteye gitmiyordu. Bulaşıkları yıkayan iki gençten biri, yaşlı yavşaktan emir alıp köpüklü elleriyle ağzını bağladığında sesi zaten hiç çıkmaz olmuştu. Diğer bulaşıkçının da yardımıyla eli ayağı bağlanıp bir hamlede atıldığı o köşe boşluğunda korkudan kalbi yarılacak gibi olmuştu. Anne çığlığı bile atamamıştı. Silvan gecelerinde olduğu gibi aklı hep annesindeydi. Acaba yaşıyor muydu? Beyaz Tempra'ya bindirildiğinde annesinin çırpınışı gözünün önünden gitmiyordu.

- Abi annem....

- Annem iyi. Herkes iyi kara kız, merak etme.

- Abi çok korkuyorum, annemin yanına gidelim abi...

- Tamam kara kız, gidiyoruz.

- Abi yerdeki adam kim, ölü mü? Abi çok korkuyorum.

- Bakma o tarafa kara kız, kapat gözlerini. Gidiyoruz buradan.

Yılmaz eğildi, biraz önce kalaşnikof namlusuyla dağıttığı dolapta gördüğü siyah çöp poşeti rulosunu aldı. Bir tanesini yırtıp rulodan ayırdı. Kalaşnikofu battal boy poşete koydu. Hatice'yi teselli etmeye devam eden Abdurrahman'ın omzuna vurdu. Ağzına düğüm attığı çöp poşetini Abdurrahman'a uzatıp Hatice'yi kucakladı. "Haydi haydi, çık kapıdan..." Abdurrahman bahçe kapısına doğru yürümeye başladı. Yılmaz da peşinden birkaç adım attı. Acele ediyordu; ama birden durup arkasına baktı.

- Yürüsene Leyla, neyi bekliyorsun orada?

- Abi bırak beni, kaderim buymuş. Hatice'yi al git. Ben ölmüşüm zaten.

- Leyla, yürü dedim sana. Burada bir dakika yaşatmazlar seni. Yürü...

- Abi nereye? Benim gidecek hiçbir yerim yok. Siz çabuk kaçın buradan.

- Gidecek yerim yok ne lan? Seni gebertir cenazeni poşete koyar taşırım. Bu saatten sonra seni burada bırakmam Leyla. Sana yürü dedim.

Leyla, yerde yatan yaşlı yavşağın üstünden atladı. Yüksek topuklu ayakkabılarıyla kanlı köpüklere bata çıka yürüdü. Fileli çorap altındaki beyaz teni, diz boyuna kadar kanla desenlendi. Rahat koşamayacağını anlayınca topuklu ayakkabılarını bahçe duvarının dibinde bıraktı. Abdurrahman, duvarın üstündeydi. Önce Hatice'yi yukarı alıp yan bahçeye indirdi. Sonra Leyla'yı. Duvarın üstünde göz göze geldiler. Az önce soğukkanlılıkla iki kişiyi delik deşik edip ardına bile bakmamış Abdurrahman ağlayacak gibiydi. Çok pişmandı. Leyla'nın ağlamaktan şişmiş gözlerindeki acı bakışlar içine ok gibi saplanmıştı. "Affet" dedi. Leyla, acıyla gülümsedi.

- Hadi oğlum neyi bekliyorsunuz? Durun siz öyle durun, gelip götümüzü kessinler. İndir lan şu kızı aşağıya!

Yılmaz'ın uyarısıyla hızlanan Abdurrahman, Leyla'yı yan bahçeye indirdi. Sonra da duvarın üzerindeki poşeti Leyla'ya uzattı. Ardından kendisi de Yılmazla aynı anda bahçeye atladı.

- Ne tarafa abe?

- Ben biliyorum, yandaki boşluktan sokağa çıkacağız.

- Bu sefer oradan değil Leyla.

Pezo Ferhat'ın Leyla'yı kaçırdığı yolu tercih etmedi Yılmaz. Meyhanenin bulunduğu sokağa çıkmak intihar olurdu. Bu sefer doğrudan arka caddeye çıkmaları gerekiyordu. Plan öyleydi. Yılmaz, sırtını meyhanenin yanındaki apartmana verdi. Karşısındaki apartmanın bahçe kapısına doğru ilerledi. Kapı kolunu zorladı. Açılmadı. Abdurrahman'ın beline elini attı, silahı çıkardı. Camı indirip silahı Abdurrahman'a uzattı. Elini sokup kapıyı açtı. Kapkaranlıktı. Cebinden çakmak çıkarıp yaktı. Yılmaz önde, Abdurrahman en arkada ilerlediler. Önlerine çıkan merdiveni tırmanıp bir kat yukarı çıkınca apartmanın caddeye açılan kapısına ulaştılar. Çakmağı cebine atan Yılmaz, kapıyı sadece kafası görülecek şekilde yavaşça araladı. Kaldırımın hemen önünde duran yeşil renkte bir doğan slx gördü. Gözünü neredeyse bir saattir apartman kapısından ayırmayan Pezo Ferhat, aralıktan Yılmaz'ın yüzünü görünce hemen marşa bastı. Otomatik camı indirip el işaretiyle Yılmaz'ı ve arkasındakileri çağırdı. Yılmaz'ın yüzü güldü. "Çabuk" diye fısıldadı arkasına. İki adımda kaldırımı aşıp doğanın arka kapısını açtı. Hatice, Leyla, Abdurrahman, Üçü de binince kapıyı kapattı. Kendisi de öne atladı. Pezo Ferhat, daha Yılmaz kapıyı kapatmadan gaza bastı.

## 03:45

- Hırsız var! Yakalayın şu piçi! Hırsız var!

Hala aynı yerdeydim. Aynı mağazanın önünde, aynı betonun üstünde bilincim yarı açık yatıyordum. Sağ kolumu başıma yastık yapmış, sol kolumu betonun soğukluğuna uzatmıştım. Birden sol bileğimde feci bir acı hissettim. Gözlerimi açtığımda ayakkabı tabanıyla karşılaştım. Biri koşarken bileğime basmıştı. Durup özür dilemek yerine arkasına bile bakmadan koşmaya devam etti. Uzaktan gelen sesleri daha net duymaya başladığımda anlamıştım. Bileğime basan puşt, tabana kuvvet kaçan bir hırsızdı. Arkasından kovalayan birkaç kişi "Hırsız var yakalayın" diye bağırarak önümden geçtiler. Ben de hırsızın arkasından koşmak istedim. Tabii ki yapamadım. Bilincim az biraz yerine gelmiş olsa da hala ayağa kalkacak gücüm yoktu. Madem arkasından kovalayamadım, hırsızın arkasından ana avrat dümdüz gittim ben de. Bileğime bastığı için değil... Hırsız olduğu için. Şu dünyadaki bütün kötülüklerin hırsızlıkla beslendiğini düşünmüşümdür hep. Ayyaş halimle bile bu düşüncemden vazgeçmedim. Yalan söyleyen doğrudan çalar, tecavüz eden namustan çalar, katleden candan çalar... Çalar da çalar işte orospu çocukları. Fırsatını bulsun, adamın kıçından külot bile çalar lan bu haysiyetsizler... Abarttım galiba, külot çalınacak şey mi? Kara Nuriye'nin külotlarını çalmışlardı ya oğlum!

Sene 1995'ti. Kasım ayının başı olması lazım. Sobayla harlanan oturma odasında terlemek yerine buz gibi mutfakta duvara yaslanmış elma yiyordum. Soğuktan eli yüzü kızarmış annem çamaşır makinesinin başındaydı. Beyaz çamaşırları mavi sepete doldurduktan sonra önümden geçip balkona çıktı. Kapı aralığından annemi izledim. Çamaşırları ipe sermeye başladı. Ne zaman bir işe koyulsa tutturduğu türkülerden birini mırıldanmaya başlamıştı. Havlu, gömlek, pantolon gibi giysileri öndeki ipe serdikten sonra, iç çamaşırlarını da arka ipe mandallıyordu tek tek. Mahrem giysileri hep gizlerdi annem. Sepetteki son atleti ipe mandallarken yandaki balkondan komşumuz Nuriye'nin sesini duyduk. Geç bile kalmıştı. Ömrünü balkonda geçiren, çevre pencerelerde kimi görse kafalarına atacak en az üç fitnesi olan, yoldan geçenlere yürümeleri gereken rotayı tarif eden, sokak ortasına köpek işese maydanoz olup balkonundan uçarak bokun üstüne konan bir kadındı. Suratı da kapkaraydı. İçi dışı birdi yani. Bundan sebep mahallede Kara Nuriye olarak nam salmıştı. Dokuz çocuğu vardı. Yedi kız iki oğlan. Dokuzu da boka bulanmış maydanozun yaprakları gibiydi. Kara Nuriye belli ki bu sefer kancayı anneme takacaktı. Annem de nefret ederdi bu kadından. Selamına kafa sallar, dedikodusuna he der, geçip giderdi. Yine duymazlıktan geldi Kara Nuriye'yi. Ama o pek ısrarlıydı. Anneme seslenmekten vazgeçmedi. Ben de iyice kulak kabarttım. Meğer terasa serdiği iç çamaşırları çalınmış. Tam içimden "senin donunu kim ne yapacak kara suratlı karı" diye geçiriyordum ki Kara Nuriye, hırsızların yediği büyük naneyi bet sesiyle tüm sokağa duyurdu. Çocuklarının külotları çalınmış. Hem de tam dokuz külot birden. Ulan bu karının dokuz çocuğu, külotları yıkandığında donsuz mu geziyor yoksa! Belki yedek dokuz külot daha vardır; ama altıdan on altıya kadar o çocukların yüzü gözümün önünden geçince donsuz gezme ihtimallerinin daha yüksek olduğu kanaatine vardım. Ahlaksızlıkları donsuzluklarından geliyor olabilirdi. Sokağın bulaşık suyu kıvamında muamele görmelerine sebep olan huylarının -daha doğrusu huysuzluklarının- annelerinden geçmiş olma ihtimali daha yüksekti tabii. Her neyse... Kara Nuriye sonunda annemi esir almayı başarmıştı. Terastan kaybolan külotları dokuz burma bileziği çalınmış gibi anlatıyordu. Annem karşısındakinin mantıktan nasipsiz Kara Nuriye olduğunu unutmuş gibi "Belki rüzgarda uçmuştur, mandallamamış mıydın" diye sordu. Ve tabii Kara Nuriye, acı gerçeği bir kez daha annemin suratına çarptı. "Allah Allah, niye rüzgarda uçsun Emine, hepsi de beyazdı o külotların. Götü yeşilden başka külot görmeyen puştlar çaldı götürdü işte."

Beyaz külot giymenin statü göstergesi olduğunu Nuriye'den öğrenmiş olduk o gün. Annem kara Nuriye'nin mantıksızlığına yeniden uyandığı için muhabbeti uzatmak istemedi. Atlete ikinci mandalı takıp yerdeki sepeti de eline aldıktan sonra mutfağa doğru yürümeye başladı. Kara Nuriye'nin fitne musluğu çenesi durur mu hiç? Kafasındaki irini akıtmaya başladı. "Hele bizimkiler bir başa gelsin de sen o zaman gör bir daha hırsızlık oluyor mu?" İşte bu söz, annemi yolundan çevirdi. Kara Nuriye'nin her karşılaşmalarında sözü siyasete getirmesinden bıkmış usanmıştı. Annem 'Haydi Türkiye'm ileri' diyen partinin destekçisiydi. Babam da "Bu işi biz çözeriz" diyen partiyi severdi. Destekledikleri partiler farklı olsa da sonuçta ikisi de birbirini çok severdi. Kara Nuriye, geçen seneki yerel seçimlerde birinci çıktıktan sonra iyice yükselişe geçen partinin peşindeydi. Aralık sonunda da milletvekili seçimi vardı. Kara Nuriye, peşine düştüğü partisini evladı gibi sahiplenmişti. Parti yöneticilerinden 'bizimkiler" diye bahsediyordu. Partisiyle bu kadar bütünleşmekte de haklıydı aslında. Sokaklara asılacak parti bayraklarını dikmek için avuç dolusu parayı -bizim bir yılda zar zor aldığımız koltuk takımının daha pahalısını bir ayda aldı- saymazsak son bir yıldaki değişimiyle hak etmişti bu sahiplenme makamını. Birdenbire pardösüyü çıkarıp çarşaf giymeye başlamıştı. Memelerini balkon demirinden sarkıtıp gelen geçene laf atmaktan haz alan, edepsiz sözler edip gevrek gevrek gülen Kara Nuriye, evden çıktığında çarşafını giyip ellerine de siyah eldiven geçirir olmuştu.

Sadece Kara Nuriye değil aslında komşu kadınların hemen hepsi bu furyaya ayak uydurmuştu. Ağzından küfür düşmeyen Gavur Makbule de aralarına katılmakta gecikmedi... Hatta oldum olası çarşaf giyen teyzeler bile yıllarca kendileriyle 'kara fatma' diye dalga geçen komşularının bir anda deri değiştirmesini hayretle izler olmuştu. Ama ben en büyük şoku kara Nuriye'nin kiracısı Süt Aysel'de yaşamıştım. Kısa boylu, balıketli -balina türünden-30 yaşlarında, eskilerin hafif meşrep dediği her yanı oynak bir kadındı. Sürekli sakız çiğner, çok konuşur çok da kahkaha atardı. Annemize mırın kırın ederdik, ancak Süt Aysel balkona çıktığında acaba hangimizi bakkala gönderecek diye heyecanlanırdık. Siparişi getirdiğimizde, apartman kapısına inmek yerine evine çağırır umuduyla bakkala ışık hızında gidip gelirdik. Tamam, kısa boyluydu, kiloluydu, burnu da yamuktu; ama yürürken Brezilya karnavallarında dans eden kadınlar gibi salladığı kalçalarını yakından görmek için 5 mahalle ötedeki bakkala bile gidilirdi. Zira çok feci kalça takıntımız vardı o aralar. Başkan seçilir seçilmez Fenerbahçe'ye Brezilya aşısı yapan Ali Şen'in suçuydu bu. Sambacı transferi yetmiyormuş gibi, sezona hazırlık kampı için takımı alıp,ta Brezilya'ya götürdü. Daha bir sene önce dünya kupasını kaldıran Carlos Alberto Parreira'dan çok kalça titretme ustası vatandaşlarını konuşmamıza sebep olan geceyi de orada düzenlediler. Kafalarına taktıkları uzun tüylerle kusursuz vücutlarına heybet katan dansçı kadınları ergen bilincimizin orta yerine kazıdılar. Parlak simlerle meme uçlarını kapatmış esmer tenli dansçılar, açıkta bıraktıkları kalçalarını iç hoplatan müziğin ritmiyle sallarken futbolcuların arsız yüz ifadelerini biz burada televolelerde izledik. Erotik Brezilya ikliminde sezona hazırlanan o futbolcuların ömürlük başarısı, kalça sarsıntısıyla geçen bir kampın ardından sezonu şampiyonlukla tamamlamalarıdır herhalde. Onlar dönüşte futbola sarıp kurtuldu tabii, olan bize oldu. Süt Aysel'in kalçalarına vurduk biz de kendimizi.

Yalnız, ben diğer çocuklardan daha şanslıydım. Kara Nuriye, cadı ev sahibi modundan taviz vermeyip halı yıkamak için terasını kullandırmadığı bir gün süt Aysel bizim zili çaldı. Anneme halı yıkamak için bizim terası kullanmak istediğini söyledi. Annem olur dedi, zor işi de bana yıktı. Süt Aysel'in halısını ikinci kattaki evlerinden aldım, sokağa indim. Halıyı bizim binanın dış kapısına dayayıp biraz nefeslendim. Sonra halıyı yine yüklendim, dik merdivenli üç katı tırmanarak kan ter içinde terasa çıkardım. Süt Aysel de arkamdaydı. Halıyı terasa bıraktıktan sonra aşağıya inmek için geri döndüm. Ağzındaki sakızı çakkıdı çakkıdı çiğneyen Süt Aysel, "Bekle de halıyı kaldırırken bana yardım edersin" deyiverdi. Körün istediği bir göz Allah verdi iki göz. Kim bilir ne hallerine tanık olacaktım Süt Aysel'in. Nefesim kesildiğinden konuşamadım, olur anlamında kafa sallayıp kapının köşesinde duran iki tuğlayı üst üste koydum. Tuğlaların üstüne oturup Süt Aysel'i izlemeye başladım. Halıyı terasa serdi, yeşil renkli hortumu musluğun ucuna taktı. Ortasında kocaman kırmızı bir gül figürü olan lacivert halıyı iyice ıslattı. Bizim terastaki hat kaçak olmadığı için suyu israf etmeden musluğu kapattı. Halıya deterjan serpip eli ne fırçayı aldı. Oturdu halının üzerine, ovmaya başladı. Elindeki fırça, halıyı değil sanki içimi tırmalıyordu. Oturmadan önce eteğini bacaklarının arasına öyle bir sıkıştırmıştı ki... Bembeyaz bacaklarının üzerinde etekten bir külotla karşımdaydı. İşte o gün adını Süt Aysel koydum.

Süt Aysel, halısını yıkarken bir yandan da beni tahrik etmek için tüm kozlarını kullanmıştı. Süt beyazı bacaklarını sergilediği yetmiyormuş gibi arada bir işveli işveli gülümsüyor, arada bir penyesinin geniş yakasını aşağı doğru çekip göğüslerini gözümün içine sokuyordu. Halının lacivertini kapatan köpüklerin içine girip süt beyaz bacaklarını okşasam diye iç geçirdiğine adım gibi emindim. Amacına ulaşmıştı, çok feci tahrik olmuştum. Ne var ki güneşin altında parıldayan bacakları izlemekle yetinmek zorundaydım. Kocası Metin, karısının süt bacaklarını ellediğimi duyacak olsa o da bana çok pis tahrik olurdu kesin.metin ağabeyin korkusundan tuğla üstündeki kıçımı acıtma pahasına bacak bacak üstüne atmıştım. Süt Aysel, bedenimdeki büyümeyi görüp de iyice iştaha gelmesin diye...

Gözlerine sürme çekip sıkı kalçalarını sergilemek için dar etek giyen süt Aysel'imizin de kara çarşaf giymeye başladığı gün, sokağımızdaki komşu muhabbetlerine çöken zifiri karanlığın az çok farkına varmıştım. Zaten annem, pardösüyü terk etmeyip dernekteki hafta sonu sohbetlerine katılmadığı için sonradan çarşafa giren abla, yenge, teyze, nine grubunun sürekli tacizi altındaydı. Samsunlu Enver'in karısı Sevgi teyze de aynı sebepten bu çetenin hedefindeydi. Gerilimi asıl tırmandıran olay annemle Sevgi teyzenin kapaksız çelik tencereleri reddettiğinde yaşanmıştı. Partinin

SENDEN SONRA AŞK

çarşaf amblemli kadınları, o günlerde bizim mahalledeki evleri dolaşıp oy sözü karşılığında kapaksız çelik tencere dağıtıyordu. Oy sözünü garantiye almak için de tencerenin kapağını vermiyorlardı. Aralık ayının son haftasında mahalle sandıklarından çıkan sonuca göre kapaklar tencerelerle kavuşacaktı. Annemle Sevgi teyzeden başka tencereleri reddeden yoktu bizim sokakta. Yükselişe geçen partiye oy vermeyeceği kesin olanlar bile yalancıktan yeminler edip almıştı kapaksız tencerelerden. Hatta Süt Aysel, bize çay içmeye geldiğinde "Emine abla keşke alsaydın tencereyi. Kazanırlarsa kapağı alırdın, baktın kazanmadılar, bir kapak uydururdun tencereye nasıl olsa" demişti. Annemin böylesi durumlarda beyne balyoz hükmündeki cevaplarından biri her zamanki gibi hazırdı: "Haram tencerede helal yemek pişmez kızım." Süt Aysel, dersini aldıktan sonra daracık eteğinden firar etmek isteyen kalçalarını çarşafla kapatıp evine gitti.

Annem de Sevgi teyze de hep böyle dik duruyordu. Lakin baskıyı o kadar artırmışlardı ki; normal şartlarda etliye sütlüye karışmamayı hayat felsefesi edinen annemi bile çileden çıkarmayı başarmışlardı. Kara Nuriye'nin külot hırsızlarından başlayıp sözü koltuk örtüsü deseninde kravat takan siyasetçilere getirmesine de o yüzden kızdı. Elindeki sepeti bir kez daha yere bırakıp Kara Nuriye'yi daha net görebilmek için gövdesini balkondan uzattı. "Ne yani sizin parti başa gelince külot hırsızlarını mı yakalayacak?" Annemin karşılık vermesine pek de alışık olmayan Kara Nuriye'nin hırıltılı sesinden gerildiğini anladım. "Yakalayacak herhalde,

ÖNDER DELİGÖZ

bizimkilerin eli kolu her şeye uzanır" deyince annem artık tutulamaz olmuştu. Hazır cevap şovmenler gibiydi. Sahne onundu. "Eli uzunlara fazla güvenme, külotlarını bu sefer de onlar çalar, donsuz kalınca görürsün Hanya'yı Konya'yı Nuriye abla!" Kara Nuriye baktı olacak gibi değil, dernekte dinlediği sohbetlerden aklında kalanları sıralamaya başladı. "Hırsız nesil yetiştirmeyecek bizimkiler kızım. Müslüman evlat yetiştirecekler. Dernekte videoda izledik, ne dedi biliyor musun kurban olduğum; 'Evladından hırsızlık öğrenen baba görmedim duymadım' dedi. Hırsızlık babadan evlada geçermiş Emine. Hırsız evlat yetiştirmeyecek bizimkiler."Kara Nuriye ilk kez mantıklı cümleler kuruyor gibiydi. Ama annem ondan daha mantıklıydı. Siyasetçilerin gerçek yüzünü bilip afili laflara kanmayacak kadar hem de… "Bırak şimdi onları Nuriye abla, Allah nasip ederse yaşayıp görürüz, hele bakalım kim evladına ne öğretmiş" deyip bir kez daha yapıştırdı cevabı Kara Nuriye'ye. Yumruk yemekten beyin hücrelerini yitirmiş boksörlere dönmüştüKara Nuriye.

Yediği darbelerin hıncını almak için nereye varacağı belli olmayan yumruklar sallamaya başlamıştı. Balkona çıktım ben de. Kara Nuriye'nin tacizine maruz kalan annemi sinirleri daha da bozulmadan içeri almaktı niyetim. Bir baktım, Kara Nuriye, balkonundaki çuvaldan kırmızı bez parçaları çıkarıyor. Bir tanesini aldı, anneme gösterdi. Yükselişe geçen partinin bayrağıydı elindeki. Kenarları henüz dikilmemişti. Bez parçasının ortasındaki amblemi gösterip "bak bunun anlamı bereket" dedi."Sizin yüzünüzden memleketin bereketi yok" diye de ekledi. Annemin barutunu ateşledi.

- Nuriye abla ağzından çıkanı kulağın duysun. Niye bizim yüzümüzden bereketi yokmuş memleketin?

- Oyunuzu Müslümanlara vermiyorsunuz da ondan! Müslümanlar Müslümanlarla kafirler de kafirlerle.

- Kara çarşafa girdiniz de Allah mı oldunuz hepiniz Nuriye abla? Kim Müslüman kim kafir, kim münafık Allah bilir.

- Sen konuş daha... Bak Antalya'da ne oldu?

- Ne olmuş Antalya'da?

- Sel götürdü her yeri.

- Allah yardımcıları olsun Nuriye abla. Ne yapayım?

- Ders al kızım ders! Bak oy vermediler Müslümanlara, Allah başlarına ne belalar verdi!

- Allah seni bildiği gibi yapsın Nuriye abla! Kime isterlerse ona oy verirler, Allah'ın afeti o. Hepimizin başında.

- Bak bizimkilerin kazandığı şehirlerde var mı afet? Allah Müslümanların yanında.

- El Nunu da oy vermediler diye mi oldu şimdi? Allah akıl versin sana Nuriye abla ne diyeyim daha.

Akıllı annem benim, El Nunu deyince Kara Nuriye apışıp kaldı. Antalya'da sel felaketi yaşanırken Amerika'daki El Nino kasırgası olmuştu. Annem haberlerden hatırlıyordu belli ki. İsmini yanlış ezberlemiş gerçi. Kara Nuriye'nin ağzının payını verdi ya, varsın kasırganın ismi yanlış olsun. Annem zirvedeyken bıraksın istedim. Elinden tutup "hadi içeri gel" dedim. Zira Kara Nuriye de çirkefleşmenin zirvesine bir iki adım uzaktaydı. Her an "Amerikalılar da yükselişe geçen partiye oy verseydi El Nunu başlarına gelmezdi" diyebilir, annemi delirtebilirdi. Allah'tan annem de çirkeften uzaklaşmanın en hayırlısı olacağı kanaatine varmış olacak ki elimi sıkıca sarıp peşimden mutfağa doğru yürüdü. Balkonun kapısını kapattı. Elindeki sepeti bırakmak için banyoya gidip geri döndü. Tezgâhtaki tepsiyi eline aldı, yere oturup akşam yemeği için pirinç ayıklamaya başladı. Suskundu, az önceki gerilimi hiç yaşamamış gibiydi. Annemin sevdiğim yönlerinden biri de buydu. Dışarıda yaşadığı çirkin meseleleri asla eve yansıtmazdı. Duvarlar bile duysun istemezdi. Kara Nuriye'nin kötülüğü de onun için balkonda kalmıştı, evimize asla giremezdi. Bu huyunu bildiğim için "helal olsun be anne" bile demedim. Yere oturup sırtımı yine duvara yasladım. Ekmek bıçağıyla dilimlediğim elmayı yemeye devam ederken tepsideki pirinçleri tombul parmaklarıyla sürüklemesini izledim. Tepside sürüklenen pirinçlerin sesi vardı kulaklarımızda. Annem, kucağına oturttuğu kanunun tellerine hep aynı ritimde dokunur gibiydi pirinç ayıklarken. Pirinç tanelerinin tepsiyle bir olup söylediği şarkıyı ara ara benim elma ısırıklarım bastırıyordu sadece. Bir süre konuşmadan oturduk.Pirinçlerin ayıklanması bitene kadar da oturabilirdik öylece huzur içinde. Dışarıdan gelen sesler bozdu huzurumuzu. Sesler tanıdıktı, annem"Ne oluyor" deyip kucağındaki tepsiyi çabucak yere bıraktı. Ayağa kalkıp perdenin altından dışarıya baktı. Aceleyle kapıyı açıp balkona çıktı. Bu sefer içeride hiç beklemedim, ben de hemen annemin arkasından balkona sızdım. Dışarıdan gelen seslere annemin neden bu kadar hızlı tepki verdiğini anladım. Annemi ayaklandıran sesin sahibi karşı komşumuz Sevgi teyzeydi. Bu sokakta doğdum, büyüdüm, Sevgi teyzeyi ilk kez bağırırken görüyordum. Sevgi teyze annemi görünce "Emine abla şuncacık çocuğa ettiğine bak hele" deyip ağlamaya başladı. Annemin karşısında ezilen Nuriye cadısı, hıncını Sevgi teyzenin sokakta yaşıtlarıyla el çırpıp tekerleme oynayan küçük kızı Elif'ten çıkarmış meğer... Elif'in etrafındaki çocuklara -iki tanesi kendi üretimiydi- balkondan "Oynamayın onunla, kafirlerin çocuklarını niye aranıza alıyorsunuz?" diye bağırmış Kara Nuriye. Çocuklar da Kara Nuriye'nin korkusundan Elif'i oyundan atmış. Ağlaya ağlaya eve giden Elif, olan biteni anlatınca, hele bir de üstüne "Anne sen kafir misin?" diye sorunca Sevgi teyze neye uğradığını şaşırmış. Sinirlenip balkona çıkmış. Küçücük kızının maruz kaldığı ayrımcılık çok ağrına gitmiş, canı yanmıştı kadıncağızın. Kara Nuriye'ye "Senin Allah'tan korkun yok mu? Küçücük çocuktan ne istiyorsun?" derken döktüğü gözyaşlarından belliydi. O ara Nuriye'ye baktım, Suzan Avcı'ya has kötü kadın karakterinin gerçek hayatta tecessüm etmiş halini gördüm. Ettiği kötülükten utanmayan iğrenç bir gurur ifadesi vardı yüzünde. Küçücük çocuğa yaptığı kötülüğün farkındaydı ve aldığı sonuçtan da fazlasıyla memnundu. Sevgi teyze "Nedir senden çektiğimiz Nuriye abla? Tutturdun kafir, kafir... Haşa Allah mı oldun başımıza?" diye sitem edince yüzü gözü buruşan Kara

Nuriye, süpürgesine binip balkonundan uçacak kıvama geldi. Anlamıştım, Kara Nuriye'nin derdi Sevgi teyzeyi üzüntüden öldürmekti. Böylece annemi de kahredip bir taşla iki kuş vurma niyetindeydi. Annemin sokakta sevdiği tek komşusunun Sevgi teyze olduğunu çok iyi biliyordu. Bağırıp çağıran annemin yüzüne bakmayıp Sevgi teyzeye saldırması da bundandı. Ezberindeki cümleleri sıralıyordu yine.

-Müslüman Müslüman'ın yanında olur. Kafir de kafirin yanında. Bak kızın zırlaya zırlaya döndü eve.

Sevgi teyze, bayılacak gibi oldu. Balkonun demirine tutundu, olduğu yere oturdu. Yekpare balkon demirinin arkasında artık görünmüyordu. Hıçkırıkları duyuluyordu sadece. Kara Nuriye, küçük Elif'le sarstığı Sevgi teyzeyi, büyük kızı Meryem'le yıkmayı başarmıştı. Meryem abla, Sevgi teyzenin yüreğindeki büyük yaraydı. Zeki bir kızdı Meryem abla, liseyi birincilikle bitirmişti. Ne zaman ödevimizi yapamasak Meryem ablanın yanına koşardık. Üşenmeden ödevimizi yapar, anlamadığımız konuları öğretmenlerimizden daha iyi anlatırdı. Abisi Erkan'dan sonra sokağımızda üniversiteyi kazanan ikinci kişiydi. İstanbul Üniversitesi hukuk bölümünü kazanmıştı. Avukat olmaktı niyeti. Kursağında kaldı… Üniversiteye kayıt yaptırdığı günü hatırlıyorum. Ne kadar da mutluydu giderken. Dönüşte gördüğüm Meryem ablanın sabahkinden çok farklıydı. Yüzündeki mutluluğu çalmıştı birileri. Gözleri kıpkırmızıydı. Kayda başörtülü gittiği için öğrenci işlerinde azar yemiş. Daha tanışmadığı sınıf arkadaşlarının önünde onurunu kırmışlar, ağlatmışlar Meryem ablayı. Kayıt sırasında başına bir bela gelmesin diye yanında başörtüsüz fotoğraf da götürmüş oysa. Ama görevliler, daha kapıdan girer girmez "Aç o başını, camiye mi geldin okula mı" diye höykürmeye başlamış. Meryem ablanın dediğine göre canını en çok acıtan da bu zorbalığa sadece kadın görevlilerin gönüllü olmasıymış.

Kayıt gününün şokunu atlatan Meryem abla okula başlayınca iyice karanlığa gömüldü. ÖYS formunda yumuşak uçlu kalemle doldurduğu bütün yuvarlaklar, Meryem ablanın hayatını karartan birer kara delik olmuştu. Zaman geçtikçe erimeye başladı Meryem abla. Düşünceli, üzgün, başı öne eğik yürür oldu. İlk günlerde yalvar yakar girdiği derslere de giremez olmuştu. Hatta amfiye girmek bir yana, başörtülü arkadaşlarıyla birlikte kampusa bile alınmıyorlardı artık. Kapı önünde yine başörtülü arkadaşlarıyla oturup oturup evine dönüyordu. Zamanla bu oturmalar eyleme dönüşmüştü o aralar. Kampus girişinde kurulan ikna odalarına, başörtülüye kapanan kapılara, ezilen emeğe, çiğnenen haklara, hakaretlere, aşağılamalara karşı karanfilli isyan başlamıştı. Ellerde karanfil, dillerde "Başaracağız..." Birbirlerini öyle ikna ediyorlardı, "Başaracağız" diye haykırıyorlardı; lakin pek de umutlu değillerdi. Bir ezgi düşmüştü dillere...

*"Ağlama karanfil*

*Beni de ağlatma*

*Sil gözünün yaşını"*

Ağlama karanfil diyordu ezginin ince sesi, ama onlar aralıksız ağlıyordu. Gözyaşlarını silen de yoktu. Akşamları ana haber bültenlerinde namaza giden ortaokul öğrencilerini avlamakla meşhur muhabirlerin yakaladığı 'şok' görüntülerin hemen ardından izliyorduk onları. Meryem ablayı da gördüğüm oluyordu aralarında. Gözyaşı vardı hepsinin yanaklarında. Birazdan bedenlerine inip kalkacak copların korkusu değildi onları ağlatan. Artık polislerin alışkanlığı olmuştu, ön saflarda tepesine bindikleri birkaç kızın başörtüsünü çekiştirip başlarını zorla açıyor, geride kalanlara gözdağı veriyorlardı. Yaşadıkları acının katmerleşmesini istiyorlardı. Ne ilginçtir, başörtüsü çekiştirenlerin hepsi de kadın polisti. Kadının kadına ettiğini akrep etmez diye değişmeliydi bence o meşhur söz. İşte bu vicdansızlıktı o naif yanaklarda süzülen gözyaşının sebebi. Ben de onları izledikçe ağlıyordum. Meryem abla aralarında olmasa belki ağlamazdım; ama yine de çok üzülürdüm. Hiç unutmam, bir akşam yine ana haber bülteni izlerken "Bu polislerin anası bacısı yok mu" deyip ağladım. Babam bana baktı ve dedi ki; "Oğlum ağlama, polisin Allah'ı yoktur, amiri vardır. Bugün Muhammed'i döver yarın Devrim'i." Ben yine de Meryem ablayı düşünüp ağladım. Yazık değil miydi o melek gibi kıza, yazık değil miydi yokluk içinde harcadığı onca emeğe... Allah yerine amirine tapanlar, yazık nedir bilmiyordu demek ki...

Beni böylesine üzen zorbalık, Meryem ablaya neler yaşatmıştır kim bilir. Zaten o da pes etti. Daha birinci dönemin sonu gelmeden okulu bıraktı. Yağmur yağıyordu

okula son kez gittiği gün. Fırından ekmek almış eve
dönüyordum. Meryem ablayı bizim sokakta ilk kez ağladığını
gördüm. Üniversite önünde, otobüste, parkta, şurada,
burada ağlıyordu; ama bizim sokağa girdiğinde gözyaşlarını
içine akıtıyordu. Dedikodu sofralarına meze olmamak için
o halini komşu kadınlara göstermek istemiyordu galiba.
Belki de bizim sokakta sadece ben gördüm Meryem ablayı
ağlarken. Elinde karanfil, sırtında siyah bir çanta, başörtüsü
ve pardösüsü sırılsıklam olmuş, girdi öylece, sessizce evine...
O günden sonra uzun zaman görmedim Meryem ablayı. Üç
haftadır neredeyse... Belki okula yakın oturan akrabalarının
yanına gitmiştir diye düşünüyordum. Bir taraftan da ana
haber bültenlerinin "şimdi irtica haberleri" bölümlerinde
de görmüyordum artık onu. Okula gitmiyordu demek
ki... E neredeydi bu kız? Yine yağmurlu bir akşam çay
içmeye gelen Sevgi teyze vermişti bu sorunun cevabını. 3
haftadır evdeymiş Meryem abla. Odasına kapanmış. Ha bire
ağlıyormuş. Sevgi teyze de ağlayıp içini dökünce anladık
Meryem'in neden odalara kapandığını. Yoksa okulu terk etti
diye hayata küsecek bir kız değildi ki Meryem abla.

- Niye odaya kapattı ki kendini bu kız Sevgi?

- Emine abla bi bilsen başımıza geleni...

- Ne oldu kızım, anlatsana...

- Abla, bu kör olasılar başında örtü var diye almadılar ya
bu kızları okula...

- Eee

- Bunlar da okulun önünde eylem yaptılar kaç gün... Kaç kez dedim, kızım boşver gitme, bunlar arsızlığı almış ellerine, yüzünüze bakmazlar diye. Kaç kez dedim... Dinlemedi, ben okuyacağım dedi, gitti. Gitti de ne oldu, her gün dayak yedi çocuğum.

- Ne diyeyim kızım, Allah belalarını versin. Çocuk o kadar çalıştı, didindi, üniversite kazandı. İçeriye almıyorlar şimdi.

- Abla Meryem yine yıkılmazdı da... Ah ah...

- E ne oldu kızım, daha beter bir şey mi oldu?

- Abla daha ne olsun. Allahsızdan daha Allahsızı varmış meğer.

- O ne demek kız?

- Ne olsun ki abla, Allah'ı varmış gibi davranan Allahsızlar abla.

- Ne diyorsun kızım, hele bir anlatsana şunu anlayacağım şekilde.

- Emine abla, şimdi bizim bu kızlar okul önünde oturup eylem yapıyor ya; yanlarına birileri gidip gelmeye başlamış.

- Kim onlar?

- Böyle zengin adamlar. Güya destek için geliyorlarmış kızcağızların yanına. Yemek memek getiriyorlarmış bazen, yanlarında duruyorlarmış.

- E ne var ki bunda kızım?

- Dur abla, ne varı olur mu? Bu adamlardan biri bizim Meryem'e takmış. 50 yaşlarında, ince çevirme sakallı biri. Şişman, kısa boylu biri işte. Merter'de tekstil işi mi ne yapıyormuş... Bir de bunların bi iş adamı derneği varmış, hah işte o derneğin de başkan yardımcısıymış. Yardım etme bahanesiyle Meryem'imin yanına yanaşıyormuş hep. Sırnaşıp duruyormuş. Yüz vermemiş kızım, ama sıkıştırıyormuş sürekli.

- Vay şerefsiz!

- Dur abla daha neler yapmış... Ağlaya ağlaya geldiği gün meğer Meryem'ime ne laflar etmiş bu şerefsiz. Bu kızları toplantı için okul önünden toplayıp bu o şerefsizin derneğine toplamışlar o gün. Öbür kızlarla derneğin salonunda otururken Meryem'imin yanına gelmiş bu it, iki dakika konuşalım diye kızımı odasına çağırmış. Gel benim karım ol, sana imam nikahı kıyayım. Sana Başakşehir'de bir ev tutayım, araba da alayım filan demiş.

- Evlilik mi teklif etmiş kızına, yaşına başına bakmadan kart domuz?

- Ne evliliği Emine abla, ne evliliği. Adam zaten evliymiş. Kuma istiyor kızımı deyyus. Seni kraliçeler gibi yaşatırım, okulunu da açıktan okursun daha neler neler...

- Allahsız köpek. Torunu yaşındaki kıza mı göz dikmiş sapık?

- Ah abla, Meryem o gündür bugündür odasından çıkmıyor işte. "Beni okula almayanlardan çok bu fırsatçı imansız içimi yaktı" deyip ağlıyor sürekli yavrum.

- Allah hepsinin belasını versin. Okula sokmayanları da zavallı çocuklara tebelleş olan sakallı namussuzları da Allah kahru perişan eylesin. Allah kahru perişan eylesin. Allah kahru perişan eylesin.

Çaresiz kızları ikinci karı yapmak için bin bir dolap çeviren hayasızlar kahru perişan olsunlar diye annem o gün üst üste üç kez Allah'a yakardı. Okumak için memleketlerinden ayrılan kaç kızın kanına girdiklerini Sevgi teyzenin ağzından duydukça da Allah'a yalvarmaya devam etti. "Allah sana acımış Sevgi, kızını korumuş çok şükür" diyerek Sevgi teyzeyi teselli etti bir taraftan da. Doğru, Meryem abla hayata küsme pahasına kurtulmuştu kart deyyusların elinden. Ne var ki bela kart deyyuslarla sınırlı değildi işte. Onların edemediği zulmü Kara Nuriye sırtlanmıştı. Zehirli iki cümlesiyle balkon köşesine yıkmıştı Sevgi teyzeyi. Artık hıçkırıkları da duyulmuyordu Sevgi teyzenin. Belli ki bitkin düşmüştü iyice. Üniversitenin yasakçı ordusuyla mı mücadele etsin, zulmü fırsat bilip mazlumdan faydalanmak isteyen kart deyyusları mı düşünsün, yoksa kalbi hepsinden kara komşuya mı sabretsin...

Annem ses etti defalarca karşı balkona. İniltisi bile duyulmuyordu Sevgi teyzenin. Annem telaşlandı. Meryem diye bağırmaya başladı. Sesini evin arka cephesindeki odaya ulaştırmaya çalıştı, belki Meryem duyar da annesine yardıma koşar umuduyla. İçeriden de ses gelmeyince annem iyice meraklandı. Kaskatı kesildi bir ara. Dişlerinin gıcırtısını duydum. Sonra da dişlerinin arasından sızan "Allahümme salli" -çok sinirlendiği anlarda böyle derdi- sözleri kulağıma ilişti. Sonra bastı kalayı Kara Nuriye'ye.

- Allah seni bildiği gibi yapsın cadaloz karı. Öldürdün sonunda zavallı kadını öldürdün. Allahsız!

Kara Nuriye, koca kafasında besleyip büyüttüğü zehirli sözleri ağzından fışkırtıp, annemin üzerine boca edecek diye bekledim. Ses etmedi. Tek ayak üstünde durma cezası almış çocuklar gibi suçluluk ifadesi vardı yüzünde. Sevgi teyzenin balkonda yığılıp kalması korkutmuştu demek ki Kara Nuriye'yi. Cinayet mahallinden ayrılmayan katiller gibiydi. Balkondan balkona fırlattığı zehirli sözleriyle katlettiği komşuluk ilişkisini izliyordu. Sevgi teyze balkonunda belki de can çekişiyordu, Kara Nuriye'nin yüzündeyse öldü mü kaldı mı merakından çok "başıma bir şey gelir mi acaba" endişesi vardı. Ağız dolusu küfretmek istedim Kara Nuriye'ye. Ne var ki annem o zaman hıncını benden alırdı. Asla izin vermezdi bir kadına küfretmeme. Hz. Hamza'nın ciğerini söken Hint kadar vahşi olsa bile...

Annemin önünden koştum. Samsunlu Enver'in apartman kapısı her zamanki gibi açıktı. Merdivenleri ikişer ikişer atlayıp ikinci kata çıktım. Daire kapısını zorladım, kapalıydı. Zile uzun uzun bastım. Bir yandan da ahşap kapıyı yumrukladım. O arada annem de yetişti. Birlikte kapıyı dövmeye, zil düğmesine aralıksız basmaya başladık. Annem metanetini yitirme noktasına gelmişti, ağlamaya başladı. Neyse ki annem merdivenlere yığılmadan kapı açıldı. Kırmızı elbisesiyle Elif karşımızda duruyordu. Gözlerine inen saçlarını minik eliyle itti. Şaşkındı. Annemin ağlamasına anlam veremedi. Annem de Elif'in sakinliğine anlam veremedi. "Kızım annen nerede? Ablan nerede? Siz ne yapıyorsunuz burada, bu ses ne böyle" diye bağırarak ayakkabılarını bile çıkarmadan içeri daldı. Koşar adım balkona doğru yöneldi. Elif'in "Ben televizyon izliyordum, annem balkonda çamaşır seriyor" sözlerini duymadı bile. Ben biraz daha sakindim. Sevgi teyze en fazla bayılmıştır diye düşünüyordum. Daha önceleri de bayıldığı olmuştu. Derdi bitmiyordu zavallı kadının. Ayakkabılarımı çıkardım, Elifin saçını okşayıp içeri girdim. Sokaktaki bağrışmaları, kapıya inen yumrukları, duvara monte edilmiş kutudan çıkan sinir bozucu kuş ciyaklamasını bastıran ses Meryem ablanın odasından geliyordu. Kapısının önünde durdum, teyp son ses açıktı.

*"Ağla sen güzel çocuk gözlerin şahit olsun*

*Gözyaşınla ıslanan ellerin şahit olsun*

*Çok yakın güzel günler bir kez daha ufka bak"*

Kapıyı açıp girmedim. Penceresinden ufka bakıp güzel günler düşlüyordur belki; huzurunu bozmak istemedim. Karşı odaya daldım, annem sırtı bana dönük balkon kapısının dibinde dizlerine çökmüş oturuyordu. Biraz daha yaklaşınca tepeden Sevgi teyzenin kanı çekilmiş suratını gördüm. Gözleri kapalı, ellerini sımsıkı yumruk yapmış. Yanakları hala sırılsıklamdı. Başının altında içi ipe serilmeyi bekleyen çamaşırlarla dolu geniş bir sele vardı. Allah'tan çamaşır selesinin üstüne düşmüş de başını betona çarpmamış. Annem Sevgi teyzenin yumruk olmuş ellerini açmaya çalışıyordu. Arkasını bana dönüp "Oğlum bi kolonya molonya bul, su getir, bir şey yap" dedi. Bayılanlara kolonya koklatmanın tehlikeli olduğunu duymuştum. Kör ediyormuş insanı. Kadını ayıltacağız diye gözlerinden etmeyelim şimdi, su getirmek için mutfağa koştum. Bir taraftan da anneme bağırdım. "Sakın tokat atma anne, sakın tokat atma!" Bayılanlar hissedermiş suratlarına yedikleri tokadı. Birkaç ay önce Katır Nevzat'ın hem cüssesine hem de yavşak çevresine güvenip yüzüme attığı tokadın acısını ömrüm boyunca unutamayacağımdan, Sevgi teyzenin de karşılık veremeyeceği bir tokadı yemesini istemedim. Tüpgazın üstünde gördüğüm demliği kaptım. Yarısı suyla doluydu. Musluğu açıp zaman kaybetmedim bu sayede. Tekrar balkona açılan odaya koştum. Elif kapının önündeydi, az kalsın ona takılıp yere yuvarlanacaktım. Son anda dengemi sağladım. Demlikteki suyun birazı halıya döküldü o arada. Ama bayılan birinin yüzüne dökmeye yetecek kadar su hala vardı içinde. Yanına gittiğimde annem elini Sevgi teyzenin alnına koymuş "Ve nünezzilümineʼlkurʼanima hüve şifaüv ve rahmetüllilmüʼminine ve la yezidüzzalimine illa hasara" ayetini okuyordu. İyi biliyorum İsra suresindeki bu ayeti. Ne zaman hasta olsak annem elini başımıza koyar, "Biz Kurʼanʼdan, müʼminler için şifa ve rahmet olacak şeyler indiriyoruz. Zalimlerin ise Kurʼan ancak zararını artırır" diyen bu ayeti okurdu. Ayeti bitirir bitirmez demliği anneme uzattım. Sağ avucunu uzatıp "Dök biraz" dedi. Suyu Sevgi teyzenin yüzüne, boynuna sürdü. "Uyan Sevgi, Allah'ını seversen uyan!"

Sevgi teyzenin gözünde küçük bir kıpırtı ararken Elif arkamdan sıyrılıp annemin sırtına tırmandı. Annesinin yerde yattığını görünce çığlık atmaya başladı. "Annem öldü mü? Emine yenge annem ölmesin, lütfen annem ölmesin!" Elif'i tuttum, geri çektim. "Sadece bayıldı, şimdi uyanacak annen, merak etme" dedim. Ellerimi itti, arkasını dönüp koşmaya başladı. Meryem ablanın odasına daldı. Kapı aralığından Meryem ablayı gördüm. Yatağında uzanmış tavanı izliyordu. Yanılmıştım, ufka bakıp güzel günler düşlemiyordu belli ki. Sarı eşofman takımı vardı üzerinde. Pembe çorapları dikkatimi çekti. Hayatını saran karanlığa rağmen en azından kıyafetleri renkliydi. Elif'i görünce toparlanıp ayağa kalktı. Teybin sesini kıstı. Elif'i dinleyip "Ne diyorsun sen!" diye bağırdı, koşar adım odasından çıktı, sarı rüzgarını yüzüme vurup geçti önümden. Savrulan saçlarına takıldı gözüm. Meryem ablayı başörtüsüz ilk kez görüyordum. Ne de güzel saçları varmış... Kumral, tane tane, dümdüz, ucu neredeyse belinde... Başörtünün arkasına saklanmalı mıydı bu güzellik, belki de saklamayı başarabilmekti asıl güzellik... Yüzü, saçı bir yana içi güzeldi ya Meryem ablanın, gayrısı onun tercihiydi...

Dakikalarca yerde hareketsiz yatan, ellerini gevşetmemekte direnen Sevgi teyze, büyük kızının sesini duyar duymaz gözünü açtı. Şifası kızındaymış meğer.Göz kapakları hareket ediyor olsa da ağır bir ameliyattan yeni çıkmış hasta gibi bakıyordu bize. Uyuşmuş bedenini yeniden kontrol altına almaya çalışırken etrafında neler olup bittiğini anlamaya çalışıyordu. Acı çektiği her halinden belliydi, inliyordu. Annem başının altından tutup gövdesini yukarı doğru kaldırdı. İnce dal gibi kadındı Sevgi teyze, annemi hiç yormadı. Yarı baygın oturdu biraz. Meryem abla, elimdeki demliği alıp annesinin yüzüne biraz daha su çaldı. "Annem bana bunu yapma, Bismillah de ayağa kalk hadi annem…" Sevgi teyzenin iniltileri durdu bir süre sonra. Annemin onca zaman ovduğu elleri de açıldı. Annem bir koluna girdi, Meryem abla diğer koluna, ayağa kaldırdılar Sevgi teyzeyi. Ben de hemen kanepenin üstündeki oyuncakları, kaldırıp kadıncağıza yer açtım. Adım atamadı Sevgi teyze. Sürükleyerek kanepeye yatırdılar. Annem rahat etsin diye Sevgi teyzenin başının altına yastık yerleştirdi. Meryem abla hemen müdahale etti. Yastığı çekip aldı annesinin başından. Aynı yastığı götürüp annesinin ayaklarının altına koydu. "Kan yukarıda dolaşsın ki kendine gelsin Emine yenge" dedi. Ben kendimi soğukkanlı bilirdim, Meryem ablanın soğukkanlılığına hayran kaldım. Annemi karşı kanepeye oturttuktan sonra odasına gitti. Başına beyaz bir örtü örtüp geri döndü. Annesinin elini tutup yere oturdu. Dua etti bir süre. "Gerek ağlat, gerek güldür, gerek dirilt, gerek öldür; bu aşık hem sana kuldur, kahrın da hoş, lütfun da hoş" diye fısıldayıp duasını bitirdi. Bu sırada Elif de annesinin yanına ilişmiş, kucağına uzanmıştı. Sevgi teyze yavaş yavaş kendine geldi. Gözleri büyük kızı Meryem'deydi sürekli. Tuhaf bir şekilde yüzü gülüyordu. Meryem ablanın odasından çıkmasına çok sevindiğine eminim. Tebessümünden yayılan huzura bakılırsa bayılmasına sebep olan kötü ana şükrediyordu muhtemelen. O anı yaşamasa, baygınlık geçirmese Meryem odasından belki daha günlerce çıkmayacaktı.

- Kızım o son ettiğin duayı bir daha okusana.

- Dua değil anne o, İbrahim Tennuri hazretlerinin şiiri.

- İbrahim ne dedin?

- İbrahim Tennuri hazretleri anneciğim. Şiir, dua kadar tesirli ama değil mi?

- Öyle kızım öyle... Bir daha okusana şu mübareğin şiirini.

- Gerek ağlat, gerek güldür, gerek dirilt, gerek öldür; bu aşık hem sana kuldur, kahrın da hoş, lütfun da hoş.

- Öyle işte kızım, Rab'bimin kahrı da hoş lütfu da hoş.

Sevgi teyzenin ruh hali tam düşündüğüm gibiydi. Kara Nuriye'nin zehirli diliyle kazıp gönlündeki irinle doldurduğu kuyu, Sevgi teyze için geçici bir ıstırap hükmündeydi artık. İçine yuvarlandığı kör kuyu, kızının yüzüyle aydınlanmış, gülistana dönmüştü. İlk kez Meryem abladan duyduğu şiiri tekrar edip durması o sebeptendi. "Allah'ım sana şükürler olsun, kahrın da hoş lütfun da..."

Meryem abla, neler olup bittiğini, annesinin neden bayılıp balkona yığıldığını hiç sormadı. Acıları tazelemenin tebessüm katliamından başka bir şey olmadığını biliyordu. O kadar ağır yükü sırtlanan sanki o değilmiş gibi gülümseyerek anneme sarıldı. "Bi çay demleyeyim Emine yenge" deyip mutfağa gitti. Balkon kapısının dibinde gördüğüm demlik, Meryem ablayla baş başa konuşabilmem için iyi bir bahane olmuştu. Özlemiştim onunla muhabbet etmeyi, anlattığı hikayeleri, okuduğu şiirleri, küçüklerine gülüm diye hitap etmesini, en çok da yüzündeki gülümsemeyi özlemiştim... Hayata neden küstüğünü merak ediyordum. Tamam, emek verip kazandığı okuluna alınmıyordu, hakarete uğruyordu; lakin benim tanıdığım Meryem ölüm haricinde hayattan kopmayacak bir karaktere sahipti. Elimde boş demlikle mutfağa girer girmez hiç çekinmeden, lafı eğip bükmeden bu soruyu sordum Meryem ablaya. "Neden ölümü seçtin" dedim. Küçük demliği musluğun altına sokmuş, sabahtan kalma çayı temizliyordu. Yüzüme baktı, özlediğim gülümsemesini benden esirgemedi. Derin bir nefes alıp sustu. Demliği pırıl pırıl edene kadar sustu. İçeriden annemin seslendi o arada: "Bi çay koymaya gittiniz, ne yapıyorsunuz iki saattir orada? Meryem, kızım gel de yüzünü görelim biraz çocuğum." Meryem abla suskunluğunu bozmadı, ben cevap verdim anneme. Meryem ablanın demliği yıkadığını, birazdan geleceğimizi bağırdım mutfak kapısından. Yeniden Meryem ablayı izlemeye koyuldum. Konuşmasını sabırla bekliyordum. Benim tanıdığım Meryem abla öyle kolay kolay pes edecek biri değildi çünkü. Çocukluğumuzdaki sokak oyunlarında bile asla vazgeçmeyen bir yapısı vardı. Aklıyla, hırsıyla, coşkusuyla her zaman kazanan o olurdu. Ben mesela saklambaçlarda hep Meryem ablanın peşine takılırdım. Ebenin hangi yöne bakacağını, nerelerde kimleri arayacağını o kadar iyi bilirdi ki Meryem ablanın akıllı manevraları sayesinde sobelenmezdik hiç. İyi de ne oldu da şimdi sobelenip oyundan çıktın be Meryem abla? Tamam anlıyorum, o deyyus oğlu deyyus -anemin deyişiyle-canını fazlasıyla acıtmış olabilir; ama sen asıl ona inat ayakta duracak biriydin be abla.

Hala suskundu. Kapağı da sudan geçirdikten sonra demliği tezgahın üzerine bıraktı. Büyük demliği almak için elini bana uzattı. Birkaç adım atıp yanına yaklaştım. Demliği verirken gözlerinin içine bakıp bir kez daha sordum. "Gülüm varken ölümü neden seçtin Meryem abla?"

- Ölmedim ki gülüm, bak karşındayım işte.

- Yapma Meryem abla, bırak bizi annen bile yüzüne hasret kalmış baksana. Kaç haftadır mezarda gibisin. Sevgi teyze türbe ziyaret eder gibi bütün gününü senin kapının önünde dua ederek geçiriyor, bilmiyor muyum sanki? Kadıncağız ne zaman bize gelse iki gözü iki çeşme ağlıyor.

- Biliyorum gülüm, biliyorum.

- E madem biliyorsun da neden anneni böyle üzüyorsun Meryem abla? Çektiğin sıkıntıları da biliyorum; ama sen dememiş miydin yalnızlık zulüm, ümitsizlik ölümdür diye. Sen niye hayatı bırakıp ölümü seçtin ki be abla, neden?

- Yok be gülüm. Ölmek isteseydim yaşamaktan çok daha kısa ve çok daha acısız bir yol bulabilirdim. Ben kaçtım sadece.

- Kimden?

- Kötü insanlardan gülüm. Biri irticacı der okuldan kovar, öbürü kafir der anamı ağlatır. Bırakmıyorlar ki cuma akşamı Yasin'imizi okuyup huzur içinde uyuyalım. Canımı o kadar yaktılar ki; canıma kıymamak için bu münafıklardan kaçtım be gülüm. Okuldaki zalim kadınlara özenip ben de kendime ikna odası kurdum.

- İyi de değer miydi buna? Bak annen ne hale geldi? Kara Nuriye sana laf dokundurup öldürüyordu az kalsın kadını.

- Bilmez miyim be gülüm! Tahmin ettim zaten annemin balkon köşesine neden yığıldığını. Okul mokul neyse de bizim asıl imtihanımız bunlarla. Yasaklarla mücadele ederiz de iki metre siyah kumaşın içinde fitne fesat taşıyan kadınlarla, bir tutam sakalın arkasında dağlar kadar kötülük saklayan adamlarla nasıl başa çıkarız bilemiyorum. Söz söyleme hakkın yok, onlar Müslüman sen kafir...

- Boş ver be abla. Allah biliyor herkesin içinde yatanı. Bak şurada biz bize kaldık. Bari biz birbirimize destek olalım.

- Haklısın be gülüm, haklısın da bu kadar kul hakkıyla nasıl çıkacaklar Allah'ın karşısına.

- Onu da boş ver be abla, cehennemde bir sürü tanıdığımız olacak bu gidişle. Allah korusun, bir kötülük edip biz de düşersek alevlerin ortasına yabancılık çekmeyiz işte.

- Öyle ya gülüm; yüksek yerlerde olmasa da cehennemde tanıdıklarımız var. Hem de şimdiden.

## 04:03

- Hasta mısın birader, neyin var?

- Yok birader, iyiyim.

Nah iyiyim. Bu saate burada biri yatıyorsa ya sarhoştur ya evsizdir. Böyle durumda sorulacak soru o mudur lan? Gözümü açmadığım için neye benzediğini bilmediğim adamın sorusuna kıl olduğum için 'iyiyim'den sonrasını da sesli söyledim. Başıma bir şey gelmedi. Soruyu soran iyi niyetli mal, ben iyiyim deyince çoktan uzaklaşmıştı çünkü. Ulan insan merak etmez mi, iyi olan biri yerde niye yatar diye. O da yok. Manasız hasta mısın sorusu sadece... Sonra da bas git. Zaten vicdanım rahatlasın, ilgi gösterdiğim anlaşılsın ama derdi olan bana bulaşmasın mesafesindeki soruların sonu hep basıp gitmek... Ferda da öyle yapmamış mıydı?

Şu şehrin yüksek puanlı makine mühendisliği bölümünü kazanmış olmama sınıfta Ferda'yı görünce sevinmiştim. Başarımla işte o an gurur duymuştum. Hatice'den sonra ilk kez yüzümü güldüren bir kızla karşılaşmıştım. Yaşadığım büyük üzüntüden sonra Hatice'yi unutup başka bir sevdaya dalabilir miydim, pek ümidim yoktu bu konuda. Yine de Hatice'nin gidişini bana unutturacak bir aşka ihtiyacım vardı. Beni heyecanlandıran Ferda bunu yapabilirdi. Çünkü unutmam gereken büyük ve kanlı bir fotoğraf vardı. Hatice'm de o karenin içindeydi.

Hatice'nin kaçırıldığı geceyi balkonda geçirmiştim. Amcasının oğlu ve ağabeyinin Hatice'mi geri getirmesini gün ağarıncaya kadar beklemiştim. Geri gelmedi Hatice. Başımı balkon demirine yaslayıp uyukladığım sırada bir taksi girdi sokağa. Hatice'nin evinin önüne yanaştı. Saate baktım, 7 buçuk. Taksiden inen adamı tanıdım. Hatice'nin amcasıydı, evi tutan adamdı. Başı önde kapıyı tıklattı. Daha ilk tıklamasında kapı açıldı. Hiçbir şey demeden içeri girdi Hatice'nin amcası. Kapı açıktı. Beş dakika geçmeden Hatice'nin evi geceye döndü. Munise teyzenin, Leyla ablanın feryatları yeniden sokağa yayıldı. Ne olmuştu, Hatice'nin başına bir şey mi gelmişti? Kulak kabartıp dinlemeye çalıştım. Kürtçe konuştukları için hiçbir şey anlamadım. Lanet olsun, sevdiğim kızın dilini bilmiyordum. Çok geçmedi, Hatice'nin amcası Munise teyzeyi dışarı çıkarıp taksiye bindirdi. Geri döndü, bu sefer Leyla ablayla dışarı çıktı. Onu da taksiye bindirdi. Munise teyze de Leyla abla da gırtlaklarını yırtarcasına feryat ediyordu. Kesin Hatice'min

ÖNDER DELİGÖZ

başına kötü bir hal gelmişti. Ah bir anlayabilseydim ne dediklerini. Anlayamadım, tek kelimesini bile. Aşağıya inmek için kalktım. Bir tek adım atamadım. Hatice'nin amcası evin kapısını bile çekmeden taksiye bindi. Basıp gittiler. O gün bugün geri dönmediler.

Neler olup bittiğini bir gün sonra öğrendik. Gazeteler elden ele dolaşıyordu. Sadece bizim sokakta değil, tüm mahallede. Berber Latif'e uğramıştım, saçlarıma beleş jöle sürmek için. Hatice'm geri döndüğünde beni paspal görmesin istiyordum. Hala umudum vardı. İçeriye girdiğimde berber latif müşterisiyle konuşuyor, "Aha şurada oturuyorlardı. Başlarında ne işler varmış be baba, gazetelerden aldık haberlerini yazık valla" diyordu tarak tutan elini gazeteye doğru uzatarak. Baktım gazete çırağın elinde. Kaptım hemen elinden. 3. sayfada kocaman başlık, "Sahil yolunda kanlı infaz..." Kocaman bir fotoğraf koymuşlar başlığın altına. Kaldırıma çıkmış bir doğan, içinde de birileri var; üstleri başları kanlı, ama buzlama yapmışlar, kim oldukları belli olmuyor. Fotoğrafın yanına iliştirilmiş haberi okudum. "Samatya'da mafya çatışması çıktı. Sahil yolu kan gölüne döndü. Edinilen bilgiye göre olay şöyle gelişti: Bakırköy'de kebap restoranları bulunan yer altı dünyasının tanınan isimlerinden Sefer Karagül'ün bulunduğu araç, içinde ikisi çocuk 5 kişinin bulunduğu bir otomobili Aksaray'dan itibaren takibe başladı. Sefer Karagül ve adamları, Samatya'ya geldiklerinde önünü kestikleri otomobile yaylım ateşi açtı. Kaldırıma vurarak duran otomobildekiler, açılan ateşe uzun namlulu silahla karşılık verdi. Çıkan çatışmada saldırıya taranan otomobildeki Yılmaz Çekiç (32), Ferhat Duygulu (30), Abdurrahman Çekiç (19), Hatice Çekiç (14) ve Leyla Ağrılı (15) öldü. Hayatını kaybedenlerden Abdurrahman Çekiç ve Hatice Çekiç'in kardeş oldukları, Yılmaz Çekiç'le de amca çocuğu oldukları belirtildi. Çatışmada yaralanan Sefer Karagül ve iki adamı, olay yerine gelen ambulansla hastaneye kaldırıldı. Bir adamı da gözaltına alındı. Hayatını kaybeden beş kişinin cesetleri ise adli tıp morguna götürüldü. Olayla ilgili soruşturma sürerken çatışmanın mafya hesaplaşması olduğu ifade edildi."

Berber koltuğunun arkasına dizili sandalyelerden birine çöktüm. Gazeteyi dizime serdim. Arabanın alt kısmı haricindeki bölümleri grilikle kapatılmış fotoğrafa bakarken 16 yaşıma bir 16 daha ekledim. Sadece kan rengini yansıtan bu griliğin arkasındakilerden hangisi Hatice'mdi? Artık "ne derler" endişem kalmamıştı. Ağladım. Annem ölmüş gibi ağladım. Çırak bir yandan berber Latif öbür yandan niye ağladığımı sordu. Cevap vermedim. Gazete mürekkebine bulaşmış parmaklarımla gözyaşlarımı sildim. Kafamı kaldırıp aynaya baktım, gözaltına çizik atmış komandolar gibiydim. Ağlayan komando... Berber Latif susmadı gitti, "Ne oldu lan, akraban olsa neyse, bu kadar yufka yürekli olma askerde çok dayak yersin" dedi durdu. Sonunda kafasına dank etti, "Sen o küçük kızımı seviyordun lan yoksa kerhaneci" deyip sırıttı. Serserinin ettiği lafa mı kızayım, içindeki vicdansızlığa mı yanayım, bilemedim. Kalktım, sokağa çıktım. Hatice'min kapısı açık evine baktım. Gidip içeri girsem diye düşündüm. Cesaret edemedim. "Ne derler" endişem geri dönüp beni yine esir almıştı. Evime gittim. Olanları anneme anlattım. Annem "vah zavallılar" deyip ağlamaya başladı. O ağlayınca ben yine ağladım. Ağlak hallerimin ne kadar utanç verici olduğunu düşünsem de gün boyu ağladım. Hatice'nin ölümüne ağladığım günler bitince pişmanlığıma yanmaya başladım. Keşke kara haberi okuduğum o günHatice'min evine girseymişim, ondan minicik bir anı alsaymışım yanıma. Munise teyzeler geri dönmeyince Almancı ev sahibi içerdeki tüm eşyayı bir kamyonete doldurup eskiciye sattı. İşte bu beni bir kez daha ağlattı.

İçimdeki büyük yarayı bana unutturacak kızdı Ferda. Öyle sanmıştım. Yanıldığımı anlamam dört senemi aldı. Neler yapmadım ki yanağı gamzeli Ferda'yı kafalamak için. Sırt çantası gibi hep arkasındaydım. Kantinde masasına zero kola taşıdım, yoklama için yerine imza attım, final zamanlarında ders notlarını verdim, içtiği markadan sigara paketi bile taşımaya başladım, olur da paketi biterse sigarasız kalmasın istedim, üzgünken teselli ettim, mutluyken daha mutlu olsun istedim, yanında biraz daha kalayım diye kaç kez cuma namazına bile gitmedim -affetsin Allah-, her şey bir yana onu gerçekten sevdim. Ama ne zaman, "bu iş tamam" desem Ferda'dan sağlam bir tekme yedim. Dalga geçiyordu benimle. Yüzüme gülüyor, tatlı tatlı sohbet ediyor, yürürken elimi tutuyor, parmaklarımı kumral saçlarının arasında dolaştırmamdan hoşlanıyor, bankta otururken başını omzuma koyup gözlerini kapıyordu. Bu aşk değil de nedir Allah aşkına? Değilmiş. Aşk dediğin tek taraflıysa salaklığa meyyal bir duyguymuş. Aslında Ferda'nın bu hoş hallerini kampus dışına taşımamasından anlamalıydım, beni umutlandıran bakışlarının aşka dair olmadığını. Ne bir sinema, ne konser... Bir kez olsun dışarıda buluşmadık. Bir tek teklifime bile "tamam" demedi. Okul gezilerine gelmedi, yaz şenliklerine katılmadı. Kaç kez evine bırakmak istedim, hep reddetti. Her seferinde peşinden gitmeme mani oldu. Fakir kız zengin oğlan filmlerindeki gibi yoksuldu da evini mi saklıyordu, pek ihtimal vermesem de bu ihtimali hep düşündüm. Gerçi ben de zengin değildim. Başka bir mesele vardı ama ne?

Arada yaşananları uzun uzun anlatmayacağım. Çoğu hayal kırıklığıyla biten yaşanmışlıklar zaten. Son sınıfta artık "ya tamam ya devam" demek zorundaydım. Okul bittiğinde bir daha nasıl görecektim ki Ferda'yı. Mezuniyet törenine bile gelmezdi kesin -gelmedi-. Sağ olsun, teknik hocam sayesinde Levent'te bir firmada maaşlı staj bulmuştum. Haftanın ilk üç günü takım elbisemi giyip -stajyere takım elbise şartını hala anlamış değilim- staja gittiğim için okula uğrayamıyordum. Haliyle Ferda'yla yan yana gelebilmek için haftada sadece iki günüm vardı. O da mayıs sonuna kadar. "Okul bitti Ferda gitti" olacaktı. Ferda'yla konuşup yaşadıklarımızın adını koymaya kararlıydım. Benimle dalga geçtiyse hesabını sormaya da... Kampüs içinde olmayacaktı bu konuşma, gerçek Ferda'yı karşıma alabilmem için okul sınırlarından uzakta bir yerde konuşmalıydık. Pazar gecesi uyumadan önce aldım bu kararı. Sabah takım elbisemi giydim, kösele ayakkabılarımı cilalı süngerle parlattım, otobüse binip staja gittim. Bizim sınıfın bugün üçe kadar laboratuvarı vardı. Öğlen bir olmadan bizim müdüre gidip okulda hocayla görüşmem lazım diye izin aldım. Okula gittim. Bizim fakültenin kapısını net gören uzakta bir banka oturdum, Ferda'nın çıkışını bekledim. Kesin içerideydi, ders kaçırmazdı asla. Yarım saat kadar sonra Ferda'yı gördüm. Tek başınaydı, hızlı adımlarla merdivenleri indi. Kantine uğrarsa bir saat daha beklerim diye tahmin ediyordum. Yok, yönünü kampüs kapısına çevirdi. Kalktım arkasından yürümeye başladım. Birkaç arkadaşla ayaküstü selamlaştım. Acelem var deyip Ferda'yı kaçırmamak için kampüsten çıktım. Cadde bitene kadar peşinden yürüdüm. Beşiktaş meydana indi. Bir ara sırt çantasını çıkarıp içinde bir şeyler aradı. Beni görmesin diye kaldırım ortasındaki ağacın arkasına saklandım. Yüz ifadesinden anladığım kadarıyla çantada aradığını bulamadı. Karmaşık dünyasını çantasında taşıyan kızlardan değildi oysa... Çantasını yeniden sırtına takıp Eminönü yönüne doğru yürümeye devam etti. Kokoreççinin önündeki durakta otobüs bekler diye düşünmüştüm, ama yapmadı. Otobüse arka kapıdan binme planımın üstünü çizdim. Alış-veriş falan mı yapacak acaba dedim, hiçbir mağazaya da girmedi. Vitrinlere bile bakmıyordu. Hedefe kilitlenmiş gibi yürüyordu. Peşini bırakmadım. Edirne'ye yürüse peşinden gidecektim. Lakin o kadarına gerek kalmadı. Maçka ayrımına geldiğimizde sabırsızlığım yine depreşti, Ferda'ya koştum. Arkadan kolunu tutup kendime döndürdüm. Gaspçı olduğumu zannedip elimden kurtulmaya çalıştı. Benim olduğumu fark edince durdu. Çok şaşırmıştı.

- Ferda konuşmamız lazım.

- Olmaz Sıtkı, git yanımdan.

- Ne demek olmaz Ferda, ne demek olmaz?

- Sıtkı Allah aşkına git yanımdan.

- Hiçbir yere gitmiyorum Ferda. Konuşacağız.

- İstemiyorum Sıtkı, git lütfen.

- Ferda, yapma bana bunu. Neden reddediyorsun. Ya dört senedir şu okulun dışında bir yerde oturup bir çay bile içmedik.

- İstemiyorum Sıtkı, okulda olan okulda kalır. Git şimdi lütfen.

- Oyun mu oynuyorsun benimle? Ne diye yaklaştın yanıma, ne diye sana bağlanmam için elinden geleni yaptın o zaman?

- Ben hiçbir şey yapmadım.

- Şimdi konuşacağız Ferda. Gel şurada bir yerde oturalım.

- Çabuk git, çabuk!

Keşke dediğini yapsaydım. Ferda'nın gözündeki korkuyu anlayıp çabucak gitseydim oradan. Gri renkli Mercedes yanımıza yanaştığında hayatıma yeni bir pişmanlık çoktan eklenmişti bile. Bağıra çağıra iki kişi indi arabadan. Biri şofördü, diğeri arka kapıdan indi, patron olduğu her halinden belliydi. Şoförün bana küfretmeye ara verip

Ferda'ya "Hanımefendi siz arabaya binin lütfen" demesi bu düşüncemi doğruladı. Patronun da şoförün de ne dediğini, niye küfrettiğini anlayamadım. Salak gibi hala Ferda'ya neler olup bittiğini sormaya çalışırken patron çenemin üstüne okkalı bir yumruk indirdi. Yumruğu yediğim anda, göz göze geldim sakallı patronla. Henüz bilincim yerindeydi, bir yerden tanıyordum bu yüzü, kesinlikle tanıyordum. Ateş açtı, yere battı gibi kavga gürültü koparmaktan başka bir boka yaramayan tartışma programlarına başörtülü kadınları temsilen çıkarılan, 4 kadınla evliliği Kudüs müdafaası yapan İslam ordusu komutanı edasıyla savunan adamdı. Şu ünlü tesettür firmasının sahibi... Evet, kesinlikle oydu.

Yediğim yumrukla dengemi kaybedip yere yığıldım. Şoför de kafama tekme savurmaya başladı o arada. Tepemde arap atı tepindi sanki. Yediğim tekmenin de küfrün de haddi hesabı yoktu. Rahat beş dakika dayak yedim. Patronun "Benim karıma nasıl yanaşırsın lan hırbo" dediğini duydum. Hissizleştim o an. Artık sabaha kadar da tekmeleseler gık demez, parmağımı oynatmazdım. Fakat devam etmediler. Sanki hakem bitiş düdüğünü çaldı, bir anda tekmeler durdu, küfürler sustu. Lüks arabalarına binip gittiler. Ferda da gitti tabii. Allahsız...

Adamlar basıp gidince pek yardımsever vatandaşlar tepeme toplandı. Dayak yememe engel olmasalar da ayağa kalkmama yardım ettiler. Su uzattılar, mendil verdiler. Patlayan dudağımdan akan kan beyaz gömleğimi kıpkırmızı yapmıştı. Kafamdan sızan kanın göğsümü renklendirmesi kaderimdi galiba. Kaldırımda biraz oturduktan sonra gücümü toplayıp ayağa kalktım. Ambulans çağıralım taleplerini geri çevirip yürümeye başladım. Gerçi yediğim ilk yumruğun etkisi hala üzerimdeydi. Dengemi zor sağlıyordum. Geri dönüp kokoreççinin önündeki durağa yürüdüm. Otobüse binip eve gittim. Anneme dert anlatmak yediğim dayaktan daha çok tüketti beni. Yalnız, yediğim darbelerin acısı duş alıp yatağa uzandıktan sonra çıktı. Adamlar beni hamur yapıp üstümde oklava niyetine yuvarlanmışlar resmen. İki gün doğru düzgün ayağa kalkamadım. Allah'tan yüzümde sadece patlayan dudağımın izi vardı. Kafamdaki darbe izlerini saçlarım kamufle ediyordu. Profesyonel dayakçıymış şerefsizler. Kemiklerim hala ağrıyor olsa da perşembe günü toparlanıp okula gittim. İlk ders dokuzdaydı. Neden o kadar erken gittim bilmiyorum ama 8.40'ta amfideydim. Oturup milletin gelmesini bekledim. Her gelen yüzüme bakıp geçmiş olsun diyor. Olayı görmediklerine eminim. Görseler dedikodudan okul kaynar, benim de kulağıma ilişirdi muhakkak. Bana hasta muamelesi yaptıklarına göre demek ki yüzümde yediğim darbelerin acısı vardı. Dudağımdaki lekeyi de uçuk sanmış olabilirler. Dersin başlamasına birkaç dakika kala Ferda girdi amfiye. Hoca da arkasından… Yanıma gelir, benimle konuşur, olan biteni anlatır diye bekledim, yine yanıldım. Ferda önümden geçerken yüzüme baktı.

- Hasta mısın?

- Hayır. Aslında evet. Sana hastayım. Ama bunun farkında değilsin ya; anası ölmüş gibi yastayım.

Hayır'dan ötesini söyleyememiştim tabii ki. Söylemek istesem de duymazdı. Çünkü sorusunun cevabını bile beklemeden yürüdü gitti. Cam kenarında bir sıraya oturdu. Sanki gözlerinin önünde dayak yiyen ben değilmişim gibi yüzümdeki ifadeye bakıp "hasta mısın" diye sorması, bir daha da yüzüme bakmaması canımı yaktı. Ne yapmaya çalışıyordu Ferda? Gamzesinin üstüne bir tokat indirsem aklı başına gelir miydi? Bunu mu istiyordu benden? Onu sevdiğimi eşek gibi de biliyordu. O da bana eşek gibi aşıktı, bunu da ben adım gibi biliyordum. Peki aramızdaki engel neydi? Önünde öldüresiye dayak yememe rağmen onu benden uzak tutan engel neydi. İlk yumruğu sallayan patronun söyledikleri doğru muydu? Yoksa yediğim yumruk ve tekmeler sebebiyle sallanmış kola şişesine dönen beynimde dolaşan hayal ürünü sözler miydi onlar? Nasıl evli olabilirlerdi? Olamazdı. Aralarındaki yaş farkını ancak hesap makineleri hesaplayabilirdi çünkü. Ferda'ya soramadım. Kaldı öyle. Çünkü yine kaçtı, hep kaçtı. Ben de o gün soruma cevap bulabilmek için hayatımda ilk kez alkolün kapısını çaldım. Çok misafirperver çıktı meret.

Ferda'nın ardından savrulduğum sarhoşlar aleminde Hatice'yle daha sık konuşur oldum. Pişmanlık ve isyan dolu cümlelerle Hatice'ye açıklama yapıyordum her seferinde. "Artık toparlanmalıydım. Ölümden önce hayat benim de hakkımdı. Senden sonra aşk biraz da bunun içindi. Belki seni de unuturdum. Dürüst bir aşk yaşardım: ama olmadı. Yine beceremedim. Seni unutamadığımdan değil. İzin vermediler. Kim olduklarını sen de çok iyi biliyorsun. Gittin diye bu şehir, bu ülke değişmedi ki! Hayatlarımıza katolik nikahı kıyan canavarlar sen öldün diye merhamete gelmedi ki be Hatice!"

`04:25`

Mide bulantım hafiflemişti. Başım da zonklamıyordu artık. Derin uykuya dalacaktım. Büyük bir gürültü duydum. Sesten anladığım kadarıyla yakınımda bir yere yukarıdan ağır bir eşya düştü galiba. Aynı anda da burnumun tam dibine pat diye tüylü bir şey düştü. Çok korktum, fare midir nedir! Yok artık gökten fare düşecek değil ya lan? Gerçi bu kadar kötülüğe bağrını açmış bir memlekete gökten sadece yağmurun yağması helak olmuş kavimleri hatırlayınca pek de adil değildi bence. Ama emindim artık. Burnumun dibindeki fare falan değildi. Hem hareketsizdi hem de tüyleri yumuşacıktı... Nefes alıp verdikçe uzun tüyleri burnumun içine girip beni gıdıklıyordu. Yukarıdan biri oyuncağını düşürdü herhalde. Burnumu kaşımak için elimi oynatmaya üşendim. Derin uykuma engel olan tüylü şeyin ne olduğunu anlamak için gözlerimi açtım. Karanlıkta bile belli olacak kadar parlak pembe tüylerle karşılaştım. Oyuncak falan da değildi. Terlik lan bu! Bildiğin kadın terliği... Kadının biri kocasına fırlattı, adam kafasını hafif eğince terlik de hoop camdan dışarı... İyi de bu caddede ev var mıydı lan? Varsa bile gece yarısı terliğini sokağa fırlatacak kadar deli bir kadından başkası oturmazdı herhalde.

Burnumu kaşındırmasın diye pembe tüylere üfledim durdum. Fayda etmedi. Derin nefes aldığım için iyice burnuma girdiler. Hapşırmaya başladım bu kez de. Kalabalık uğultusu duymaya başladım. Terliğin dibime düştüğü an yakınımda bir yerden şiddetli bir ses duymuştum ya, uğultular işte oradan geliyordu. Bağrışıyordu birileri. Kulak kabartmak istedim. Art arda hapşırdığım için kulaklarım tıkandı, hiçbir şey duyamadım. Sonunda elimi biraz olsun kıpırdatmak aklıma geldi. Burnumun dibindeki pembe tüylü terliği şöyle bir itiverdim. Burnum rahatladı. Uykum da iyice dağıldı, bedenim güçsüzdü ama bilincim sanki biraya yığıldığım ana göre daha iyi durumdaydı. Sesleri daha iyi duyar oldum. Kulak kabartmama bile gerek yoktu. Çığlık atıyordu birileri, telsiz sesleri geliyordu belli belirsiz. Anladığım kadarıyla kadının biri elinde telsiz tutan bir polise feryat figan bir şeyler anlatıyordu. "Vallahi birden bire atladı polis ağabey, biz de anlamadık" dedi. Beni derin uykuya dalmaktan alıkoyan o ses, yere çakılan bir bedene aitmiş meğer. Feryat eden kadın arada bir "Ceyda niye yaptın bunu" deyip çığlık atarken polisler kendi aralarında konuşmaya başladı. Seslerinden tam çözemedim ama en az üç polis vardı olay yerinde. İçlerinden birinin "Bakın bakalım şunun kimliği neyi var mı bi yerlerinde" talimatını, bir diğerinin de "Kafa üstü nasıl da çakılmış bu ya, beyni yere akmış resmen gardaş" sözlerini duydum. Belki aynı polisti, ayırt edemedim, "Amirim kimliğini buldum, cebindeymiş" dedi. "Mustafa Narin... Silvan nüfusuna kayıtlı..." Amirin söylediği isme bakılırsa yere çakılan kişi erkekmiş. Kafam iyice karıştı. Madem bu adam intihar etti, belki de biri onu aşağı attı. İyi de bu pembe terlik neyin nesi? Teki burnumun dibine düştü, peki diğer teki nerede? Hem bu kadın niye Ceyda diye ağlayıp dövünüyor ki? Yere çakılanın adı Mustafa Narin. Polis kimliğini öyle okudu ya. Ne oluyor lan? Kafam iyice allak bullak oldu anasını satayım.

- Vallahi polis ağabey, bir anda atladı.

- Yav nasıl atlar? Bir insan durduk yerde niye pencereden atlar? Ne yaptınız da atladı?

- Vallahi polis ağabey ben bir şey yapmadım. Evde sadece ikimiz vardık zaten.

- Hap falan mı attınız, kavga mı ettiniz, ne oldu anlat...

- Polis ağabey vallahi kavga da etmedik hap da atmadık.

- E ne oldu o zaman, sinirlendirme beni nezarette konuştururum vallahi seni. Canımı sıkma da anlat şu işin aslını?

- Ağabey ne olur ya! Vallahi ne kavga ettik ne başka bir şey. Ceyda bir saat falan önce ağlaya ağlaya eve geldi. Ağzı burnu morarmış böyle. Çantasını salona fırlatıp kanepeye uzandı. "Ne oldu kız böyle sana" dedim. Cevap vermedi. Koştum buzdolabından buz getirdim. Gözünün üstündeki morluğa koydum. İstemedi, aldı fırlattı buz kabını.

- Ne olmuş, kimden dayak yemiş anlatmadı mı?

- Anlattı ağabey. Israr ettim anlattı. Harbiye'de biriyle anlaşmış. Adamın arabasına binip evine gitmişler. Evde de biri varmış. Eve girer girmez kişi birden Ceyda'nın üzerine çullanmışlar. Öldüresiye dövmüşler kızı. Parasını marasını, cep telefonunu neyi varsa almışlar. Çantasını boşaltıp eline tutuşturmuşlar. Sonra da arabaya bindirip Balat'ta atmışlar. O da zar zor taksiye binip eve gelmiş.

- Sonra ne oldu, madem kanepede yatıyordu, niye pencereden atladı. Bunlar başınıza gelen şeyler zaten, şerbetlisiniz siz böyle şeylere, yeni olmuyor ki!

- Ağabey uzun zamandır morali çok bozuktu Ceyda'nın. Kendimi gebertip kurtulacağım bu hayattan deyip duruyordu.

- Bunu hepiniz demiyor musunuz lan! Kaç taneniz atladı beşinci kattan aşağıya? Topunuz birden atlasa da kurtulsak sizden.

- Ağabey vallahi Ceyda'nın durumu çok farklıydı. Geçen ay annesi öldü. Akrabalarından korkup memleketine gidemediği için çok üzgündü. Zaten dün gece biri de buna bi yanlış yapmış. İşe çıkarken bile bunalımdaydı. Hatta ben ona "Bugün işe çıkma, müşterilerle papaz olursun" dedim. Dinlemedi.

- Ne olmuş dün gece? Kim yanlış yapmış, ne yapmış?

- Ağabey, Ceyda dün gece bizim arkadaşların evine ziyarete gitmişti. Evden çıktığında önünden geçen biri yere düşmüş. Bu da düşen adama "Geçmiş olsun, iyi misiniz" falan demiş. Adam hiçbir şey demeden yürüyüp gitmiş. Ceyda'nın yüzüne bile bakmamış.

- E ne var bunda?

- Adamın bu tavrı Ceyda'nın çok ağrına gitmiş polis ağabey. Köpek havlasa döner bakarsın değil mi? Ama adam dönmeye tenezzül etmemiş. Gün boyu anlattı durdu. Zaten kanepede yatarken de en son bunu söyledi. "Ulan şu koduğumun dünyasında hiçbir değerimiz yok Defne" dedi bana. Bizle mutlu olup karılarının yanında uyumaya gidiyor puştlar. Geçmiş olsun dediğimiz adamlar bile yüzümüze bile bakmıyor Defne. Sadece üstümüzde tepinmeyi biliyorlar. Ben de böyle hayatın anasını tepeyim Defne" diye diye ağladı. Hıçkıra hıçkıra ağladı. Morarmış gözünden kan süzülüyordu polis ağabey. Sonra birden ayağa fırladı. Kalkıp odasına gitti. Ben de arkasından gittim. Kapıya dayanıp ne yapıyor diye izledim. Elbise dolabını açtı. Eğildi, dolabın altından bir çift terlik çıkardı. Teki yandan patlaktı ama Ceyda çok severdi o pembe terlikleri polis ağabey. Memleketindeyken su kuyusuna atmış o terlikleri biliyor musun ağabey. Sonra dayanamamış, beline ip bağlayıp kuyuya inmiş. Suyun üstünde yüzüyormuş terlikler. Boğulmayı göze alıp çıkarmış terlikleri. O gün bugündür hazine gibi saklıyordu onları. Oturduğu yerde terlikleri ayağına geçirdi. Sonra ayağa kalktı. Dolabın kapaklarını kapattı. Öylece biraz durdu. "Ne oldu kız Ceyda, ne düşünüyorsun öyle" diye sordum, hiçbir şey demedi. Birden döndü, beni öyle bir itti ki yere düştüm. Salona doğru yürüdü. Ben de çabucak kalkıp arkasından koştum salona. Perdeyi sıyırıp camı açtı polis ağabey. Biraz dışarı baktı, bana döndü, "Memleketten kaçacağıma keşke kendimi de terliklerle birlikte kuyuya atsaydım. Beraber gömülüp gitseydik suyun dibine. Oradan da cehennemin dibine…" dedi. Burnundan soluyordu vallahi. Ayağındaki terlikleri çıkarıp camdan fırlattı. Anladım atlayacağını ama yetişemedim. "Hadi şimdi bana geçmiş olsun" dediği gibi aşağıya atladı polis ağabey. Ben ne yapacağım şimdi ağabey. "Ne yaptın Ceyda! Neden yaptın bunu neden!"

Allah belamı versin. Ne bok yedim lan ben! Ulan yıllarca etrafımdakilere medeniyetten nasip almadılar diye küfreden ben iki kelimeden imtina ettiğim için birinin intiharına sebep oldum. Gerçi dinleyebildiğim kadarıyla benim öküzlüğümden daha büyük sebepleri de varmış pencereden atlamak için. Yine de "Sağ ol" desem belki de bütün yaralarına iyi gelecekti kadıncağızın. Yaşayacaktı lan belki de. Kalkıp gideyim şuradan sessiz sedasız, olay yeri inceleme falan gelir şimdi. Önümdeki terlikten yola çıkıp beni katil yapabilirler. Takdir edilesi bir potansiyel olabilir; ama polisin kelepçesi vicdanınkine benzemez. Biri huzura bağlar, öbürü nezarete.

Delil karartmaya girer mi bilmiyorum ama başıma bela olmasın diye pembe tüylü terliği bir hamlede çekip ceketimin cebine soktum. Topuğu dışarıda kaldı ama olsun. Bu hızlı hamleyi yapabildiğime göre artık yerimden de kalkabilecek gücüm vardı demek ki. Önce dizlerimin üzerine kalktım. Başım biraz döndü. Gömleğimin yakasından iki düğme açtım. Biraz nefeslendikten sonra ayağa kalktım. Polisler hala intihar eden Mustafa Narin'in ev arkadaşını ayaküstü sorguluyordu. Hiç o tarafa bakmadım. Arkamı dönüp yürüdüm. Uzaklaştıkça adımlarım hızlandı. Sol elimi göğsüme attım. Cebimdeki terlik düşmesin diye iyice bastırdım. Dikkat çekmesin diye de ilk sokaktan aşağı kıvrılmadım. Hızlı adımlarla biraz daha yürüdüm. İyice uzaklaştığımı düşündükten sonra ilk aradan karanlığa daldım. Sokağı bitirerek Tarlabaşı'na çıktım. Yolun karşısına geçtim. Az kalsın bir arabanın altında kalıyordum. Şoför son anda kırdı direksiyonu. Okkalı bir de küfür bastı. Haklıydı, hiçbir şey demedim. Kaldırıma oturdum. Sol elim hala göğsümdeydi. Terliği çıkarıp biraz ötedeki konteynıra mı atsam acaba diye tereddüte düştüm. Olmaz dedim. Olay yerine çok yakın. Uzak bir yerde yok etmeliyim terliği. Ciddi ciddi delil yok etmeye çalışan suçlu gibiydim. Saatime baktım, 5'i gösteriyordu. Güneş doğacak birazdan. Yarım saat var. Neye? Namazın çıkmasına tabii ki. Kalktım, müşteri bekleyen taksilerin en öndekine bindim. Eyüp'e sür ağabey dedim. Tamam deyip gaza bastı. Unkapanı'nı geçip Balat yönüne bağlandık. Biraz ilerledikten sonra taksici "Hangisine gideceksin" diye sordu. Hangisi mi? Şapşal şapşal baktığımı dikiz aynasından görünce, "Kelle paça içmeyecek misin birader, hangi çorbacıya bırakayım" diye sordu bu kez.

- Yok ağabey ne çorbacısı? Eyüp Camii'ne gidiyoruz.

- Camiye mi?

- Evet ağabey camiye. Biraz çabuk olalım da yalnız, vakit çıkacak.

- Olur, camiye gidelim.

Birahanede sabahlayan bir sarhoşu çorbacıya bırakacağım diye yola çıkan taksicinin 'Olur, camiye gidelim' derken yüzüne yerleştirdiği müstehzi ifade hala gözlerimin önünde. Feshaneyi geçip kavşaktan döndük. Taksi, Eyüp Sultan Camii'nin üst tarafındaki caddede durdu. Sağ elimi pantolonumun cebine atıp para çıkardım. Taksiciye uzattım. Para üstünü verdiğinde yüzünde hala alaycı bir gülüş vardı. Bir an içinden para üstünü almamak geçmişti, ama alaycı bakışları beni vazgeçirdi. Sanki kendisi hiç geceden kalmadı, yavşak. Taksiden indim. Gıcıklığına kapıyı da tam kapatmadım. Kapının açık olduğunu fark edince durup aşağı inmek zorunda kalsın istedim. Meydandan camiye doğru yürürken de cebimdeki terliği önüme çıkan ilk çöp kutusuna attım. Birkaç adım attıktan sonra geri dönüp terliği çöp kutusundan aldım. Yine ceketimin cebine sokuşturdum. Güvenli değil, burada da bulabilirlerdi terliği. Her taraf da kamera dolu. Peşime düşme ihtimalini yok sayamadığım polislerden daha paranoyak olup çıkmıştım. Bok vardı yattın o binanın önüne. Sızacak başka yer yoktu sanki.

Cami avlusuna sağ adımımı atarken ağzımı topladım. Tüylü terliğin icabına namaz kıldıktan sonra bakacaktım. Sahile kadar yürüyüp, Haliç'e fırlatmak en iyisiydi. Şadırvana gittim. Hafta içi olduğu için tenhaydı ortalık. Pazar olsa ana baba günü. Ceketimi çıkarıp cebindeki terlik görünmeyecek şekilde askıya astım. Saatimi çıkarıp pantolon cebime koyduktan sonra beyaz gömleğimin kollarını sıvadım. Kol manşetlerinin simsiyah olduğunu fark ettim. Yerde yatarken kollarımı betona ne kadar sürttüysem artık... Musluğu açtım, yaz günü bile bu saatte su soğuk oluyormuş demek ki. Abdestimi aldım. Arada bazı farz ya da sünnetleri kaçırmış olabilirim, hatırlamıyorum. Ayakkabılarımı giydikten sonra ayağa kalkıp ceketimi tekrar giydim. Su damlalarını silmek için ellerimi yüzüme sürdüm. O an aklıma başörtülü gece yarısı fotoğrafçısı geldi. Sağ elime baktım, rakamlar belli belirsiz... Var mı böyle nasipsiz?

Ayılan zihnimi silik numaralarla bir kez daha bulandıran sağ elimi cebime saklayıp camiye doğru yürümeye başladım. Kapı önünde aklıma kurt düştü. "Oğlum alkollüyüm ben. Alkollüyken namaz kılınır mı hiç? O öyle değildi lan, alkollüyken namaza yaklaşmayınız olacak o. Ne farkı var? Bir farkı var mı bilmiyorum ama sarhoş değilim sonuçta." İçimdeki kurt benden güçlü çıktı. Yedi bitirdi beni. Namaz kılmak istiyorsam alkol şişesinde yüzmediğim bir günün sabahını seçmeliydim. Zaten sabah namazını diğer camilere göre güneşin doğmasına az bir zaman kala kılan Eyüp cemaati de yavaş yavaş dışarı çıkmaya başladı. Güneş doğdu doğacak. Ayakkabısını giyen, türbeye doğru gidiyor. Ben hiç karışmayayım aralarına.

Ve ben yine tedirgindim. Cami avlusunda bir tekmeyle parçalanmayı bekleyen şarap şişesi gibi... Bir ayyaş koynunda uyumayı tercih ederdim oysa. Ne içimdekini haram kılan düşerdi aklıma, ne de kuralcı bir kulun tekmesiyle parçalanma korkusu çökerdi içime. Tercih hakkım olsaydı eğer...

 **Önder Deligöz**, İstanbul Üniversitesi Gazetecilik Bölümü mezunudur. 2004 yılından itibaren çeşitli gazete ve televizyonlarda muhabirlik, editörlük ve yöneticilik yapmıştır. Türkiye'nin yakın tarihini ilgilendiren politik ve toplumsal olaylar hakkında yaptığı araştırmaları, hazırladığı yazı dizileri ve belgesel metinleri vardır. *Senden Sonra Aşk*, yazarın ilk romanıdır. Kitap, hem Türkçe hem de İngilizce olarak dünya çapında okurlarıyla buluşmuştur.

www.ingramcontent.com/pod-product-compliance
Lightning Source LLC
Chambersburg PA
CBHW071718140626
46557CB00012B/957